K B035486

시집

# 시월

초판 1쇄 발행 • 2014년 6월 30일

지은이 • 이중기
펴낸이 • 황규관
편집 • 엄기수 김은경

펴낸곳 • 도서출판 삶창
출판등록 • 2010년 11월 30일  제2010-000168호
주소 • 121-838 서울시 마포구 서교동 355-22 우암빌딩 4층
전화 • 02-848-3097  팩스 • 02-848-3094
홈페이지 • www.samchang.or.kr

디자인 • 정하연
인쇄 • 신화프린팅코아퍼레이션
제책 • 국일문화사

ⓒ이중기, 2014
ISBN 978-89-6655-042-5 03810

옷차림

이웃기 시절

시절

차례

제1부 구제역

## 제4부 백 년 살결박을 받다

구성편

제1부

# 서시

1

붉은여우가 이단으로 몰아 살처분을 했다는
그해 '시월' 아작골,
삼백 명 죽음 자리 파헤쳐놓은 구덩이에다
인간들은 죽을힘 다해 소 떼를 생매장하고 있었다
이단으로 몰려
우사 아래 억새밭 구릉지로 끌려와
한사코 뒷걸음치는 소 떼들 뱃구레를 툭,
포클레인 삽날이 툭툭툭툭 치면서 지나갔다

구덩이에 떨어져 뒤집어진 채 버둥거리는
소 떼 위로 소 떼 덮쳐 뒷발질,
뿔싸움 육박전 격렬하게 비명이 비명을 찢어발기고
어린 소 뱃구레를 뿔로 찢어 던지는
똥칠갑 피칠갑으로 환장한 아수라 위로
생석회가루 자욱하게 쏟아 눈망울을 가렸다

그리고 하염없이 쏟아지는 산사태!

둥둥둥둥둥……

소가 울어 북소리 다급해지면서

여기저기, 불쑥불쑥 솟구치는 소 대가리를

포클레인 바가지가 콱, 콱 내리찍었다

지진이 꿈틀꿈틀 지나가고 있었다


저 인간들이 그해 시월 경찰을 빼다박았군

아니지, 서북청년단이 저기 있잖아

살피듬이 쩍쩍 갈라지는 대한 추위 속에서

짧은 지팡이 하나로 견디는 노인

자작나무 숲 백발을 바람이 마구 헝클어놓았다

청정국 위상 하나 지키겠다는 저 짓거리에서

나는 짐승이 아니라 인간들 절망을 보네

예로부터 인간들 절망은 너무 장엄해서 탈이야


뿔 몇 개,

최후진술처럼 삐죽이 드러나 있는
소 떼들 무덤에는 여진이 잦아들고 있었다


2


역사는 발전한다고 했던가?
제주 4·3 본적지가 영천 아닌가
그런데 역사 발전에 낭만이라도 있었나?
이 늙은이 말 공양이 어느 소용에 닿겠는가만
이보게, 늙은이 열명길 너무 재촉하진 말게
해방 정국의 한 장 삐라쯤으로 치부해버린 영천 시월을
노망들기 전에 꼼짝없이 입 부조는 하겠지만
그것 참, 허허 그것 참……


사하촌 식당 아랫목에서 살피듬을 지진 후
먼 기억 속으로 걸어가며 노인은 다리를 절룩거렸다

그때, 나는 범도 때려잡을 열아홉이었지
징용을 피해 도망간 강원도
높게더기 화전민촌에도 늦었지만 소식이 와서
두 해를 막 넘긴 결가부좌 풀고 서울로 나가보았지
종이 태극기 찢어져 나뒹구는 거리에
허허, 신바람은 북어 대가리처럼 으깨어지고
세상은 망나니 칼춤을 추고 있었어
남의 나이 먹고 사는 형편에 주접떤다 할진 모르나
물정 모르는 조선 것들만 병신춤을 추다 말았지
고추잠자리처럼 맴맴, 맴만 돌았거든
이 강산 골골마다 바람 첩첩
막도장 같은 생들,
이번에도 앞잡이가 되었어
원시부족국가 추장이 되고 싶어 환장한 난쟁이들
그땐 김구나 이승만이며 박헌영도 다 정치꾼이었지
미국 믿지 말고 쏘련에 속지 마란 말

제 논에만 물 잘 대는 정치꾼들 구호였지
해방정국 인민들 말씀은 아니었거든

시월은 경외성서經外聖書다!

트라우마가 등을 밀었던 것일까
북으로 간 시인이 내 가슴에 꽂아둔 말이네
소 돼지 잡듯 붉은여우가 영천을 난도질할 때,
웬 신흥종교 사이비 교리냐고
가슴 목탁을 치던 시인은 내게 벽화 한 장을 남겼지
바윗덩이만 한 쌀 한 톨이 있고
그 쌀 톨에 깔려 비명을 치는 지주,

노인은 담배 한 대를 청해 꾸역꾸역 태운 뒤
먼 데 소문처럼 떠돌던 붉은 묵시록,
장좌불와長坐不臥의 벽화를 꺼내 보여주었다
죽을힘 다해야 넘길 수 있는 돌로 만든 책이었다

노인은 안간힘으로 간신히 돌 책장을 넘겼다


3


공산당이 간판 걸고 활동하던 시절,
해방정국 조선 경제는 화폐나 금이 아니라
쌀값을 기준으로 하는 세상이었네
물정 모르는 미국 군인 하-지 눈에는
쌀이 요술방망이로 둔갑하니
조선은 원시부족국가나 다름없는
희한한 나라였겠지
그런 땅에서 친일 관리들이 쌀을 수탈하고
일제도 못한 보리까지 빼앗으면서
지주들 곳간에는 미제 자물통을 채워주었거든
영천 사람들 분노가 숲을 이루었고
궁지에 몰린 붉은여우가 그 숲을 불태워버렸지

그게 영천 시월 아닌가

트라우마?
차라리 비겁했었지
죽을힘 다해 그때를 살아내야 했던 사람들,
눈 멀고 귀 먹은 척 입 봉해 시월을 부정하며
붉은여우 사이비 교리에만 철저했지
도보 고행승처럼 평양까지 걸어서 갔을 시인도
북에서는 살아남지 못했다니
남아 입 봉해버린 영천 사람들이나
북으로 간 시인도 다 블랙코미디 아닌가


4


두 칸 오막살이 추녀 끝에
스무 살, 젊은 아내 피울음을 걸어둔 채

빨치산으로 쫓겨 가는 농사꾼들을 사냥하는
피의 문장 단풍을 나는 읽는다
헌털뱅이 폐허에 휘날리는 눈보라로
첩첩 밀봉된 칠십여 년,
삼수갑산 화전꾼보다 비루먹은 날들이 눈을 가린다

엄나무 가시를 밟고 새들이 깃을 펼치는
이 나라 산들은 제 이름을 버리고 모조리 빨치산이다
생 말등을 타고
쥐 다 파먹은 삶의 이유 던져버린 초록 전사들
외롭고 낮고 쓸쓸한 붉은 삐라
순도 구십구 점 구, 날것의 문장으로 기록한
돌로 만든 책

# 가죽풍구

구한말쯤이었을 거라고 옛사람은 말했네
사하촌 방구들에서 살피듬을 지진 뒤
갈앉은 막걸리 손가락으로 휘휘 저어서
그 손가락 핥아 먹는 모습이 귀여워
나는 비로소 안면 근육을 풀며 웃어 보였다
대한제국이 거둔 세금이었다고도 하고
누군가는 한양에서 산남의진山南義陣으로 보내는
의병들 지원금이라고도 추정을 하는
금붙이며 엽전을 싣고 가던 허름한 마차 한 대를
어느 해거름에 화적 떼가 습격했다는 말
나, 어릴 때부터 듣고 자랐네
화적패와 마차 호위무사 사이에 칼부림이 벌어지자
놀란 말이 그만 줄행랑을 쳐버렸다고

찢어진 호랑이 눈썹을 가진 한 사내가 있었고
그 사내, 어느 새벽에 돈벼락을 맞았다는 전설이 있지
미명 속에서 어슬렁거리는 마차 속에서

옷가지며 이불 따위를 걷어내자
숨겨진 엽전이며 금붙이에도 차분했던 사내,
금붙이와 엽전은 발뒤꿈치로 밟아
무논 바닥에 묻어버리고
말 엉덩이 가만히 밀어 멀리 보낸 후,
금붙이 숨긴 자리 흙탕물이 너무 큰 흔적이라
논 두 마지기 풀 뽑는다고 돌아다니며
흙탕물 마구 일으켜 위장을 했다는 이야기

일천구백이십삼 년, 봄날이었다
몽고반점 팔아먹던 군수 장윤규가
갑자을축 두루 엮은 유지 팔십 명을 불렀다
금호강琴湖江 남천南川
청계석벽淸溪石壁 아래 꽃놀이는 아직 일러
꽃보다 화사한 기생들을 앉혀놓고
그나마 서 푼짜리 국량은 가진 것 같은
찢어진 호랑이 눈썹을 우두머리로 내세워

내선친화회內鮮親和會라는 특수 단체를 만들었다
그해 구월 『개벽』이 삼천리 골골에 알린
「일선융화日鮮融和에 발광된 영천쉬倅」에서
영천은 무슨 도화유수의 별세계냐고,
철대가리 없는 젊은 군수 장윤규를 나무라면서
영천 사람들을 조롱하고 비웃었다
사해가 끓는 솥과 같은 세상에
설군設郡 이래 불령선인 하나 없었다고
만세운동도 한 무부촪婦의 독창 정도였다고

그 자리에서 국량을 키운 찢어진 호랑이 눈썹,
삼만 석 지주 반열에 덜컥 앉아버렸지
열네 개 면 골이란 골골마다 땅을 가졌으니
마름 수백이 사병私兵이었다네
삼시 세끼,
고등어 껍질로 밥을 싸서 먹으면
그 집에서는 적은 돈이 큰 이자를 낳았고

낮에 들어온 돈이 저녁에 새끼를 쳤어
장리쌀을 주면 눈에 다 보였어

이 논은 죽 두 그릇짜리
저 논은 식은 밥 세 그릇짜리,

그 무렵에 소름 끼치는 한 사건이 있었다고
북으로 간 시인이 어느 날 내게 귀띔해주었지
일천구백이십칠 년 구월
붉은 달이 막 찢어진 호랑이 눈썹 저택 용마루에 걸릴 때
인간들 마을에서는 아직도 지주들이 빈 술잔을 채울 때
여우 울음 끝을 물고 늑대가 길게 목을 놓을 때
무덤에서 시두屍頭만 꺼내 산을 내려온
난쟁이들 몇,
찢어진 호랑이 눈썹에게 오천 원을 요구했다는

그날 이후

찢어진 호랑이 눈썹 논 부쳐 먹는 사람들
그 땅에 보리 갈아 보리쌀은 그냥 먹고
깐깐오월만 푸른 노고지리처럼 살다가
쌀농사는 고스란히 갖다 바쳤지
읍내에서 자갈길 삼십 리, 오십 리 밖 사람들
첫새벽에 지게로 나락 한 섬씩 짊어지고 길 나섰지
탕건바위 못 가
야사 들머리 창고에 가서
배가 고파 하늘이 노랗게 흔들릴 때,
찢어진 호랑이 눈썹이 눈도장을 찍어주면
창고 꼭대기까지 나락 가마 계단, 오르막길
수천 가마 쟁이는 노역을 하다가
엎어지고 자빠져서 뒹굴었지
그때마다 작인들 옆구리를 들락거린
찢어진 호랑이 눈썹 구두코만 반짝거렸지

작인들이 소작료를 내는 날이면

영천에 하나밖에 없는 거대한 풍구가 왔다
그 풍구에 나락을 들이붓고는
젊은 장정 한 놈이 마구 손잡이를 돌리면
세찬 바람에는 여간 실한 낟알도 날아가 버렸다
풍구에 회오리바람 집어넣는 놈,
눈빛 한 번 흔들리지 않고 풍구질이 거칠어
한 가마가 칠 홉 가마로 줄어들거나
반 가마로 무릎을 꺾어버리자
소작이 많은 꾀보들은 물미가 트여
풍구 돌리는 놈에게 뒷주머니를 달아주었다
얼금뱅이 풍구 반장,
뒷주머니 채워주는 집 나락이 오면
풍구를 살살 돌려 팔뚝에 힘을 챙길 때,

영천 인간들
내 땅 한 자취 밟지 않고는
선 자리에서 백 걸음도 갈 수 없다고

호언장담하던 찢어진 호랑이 눈썹을
그때부터 개도 소도 가죽풍구라고 불렀으니
내 가슴에 새긴 벽화가
쌀 톨에 깔려 있는 그 가죽풍구라네

마흔앓이 하는 이혼

제2부

# 밀수출

그해 가을 농사꾼들은 뱃구레를 빵빵하게 채웠다
생량머리부터 몇 동이씩 막걸리를 담았고
가을걷이 내내 떡을 빚으며
해방된 나라 백성임을 살 떨리게 만끽했다
그믐치에 젖으며 막 보리갈이 마치고
앞산머리에 싸락눈 칠 무렵이었던가

지주들이 느닷없이 나락을 끌어모으기 시작했다
한 해 양식을 하고도 남아도는 풍년이었는데
중놈 바랑 속 참빗 같은 놈들
군청 직원도 경찰도 나락가마를 쟁이더니
이듬해,
매화가 꽃망울을 준비할 때쯤이었다
손끝에 피가 맺히도록 바닥을 긁어도
독에는 쌀 한 톨 남아 있지 않았다
초근목피를 찾아 산과 들판을 헤맸지만
유랑 정부 임정臨政이나

국량 없는 조선공산당도
꼰바둑을 두느라 세상을 던져놓고 있을 때,

박치술은 운송업자가 되어 있었다
서문고개에서 넝마주이를 부려
지나가는 사람들 빈 주머니나 털다가
돌아왔으나 갈 곳 없는 징용패들 끌어모아
슬그머니 읍내를 장악해버린 왈짜,
자정을 앞뒤로 달구지 몰아
군청 직원과 경찰들 집으로 돌아다녔다
허허벌판 역으로 쌀을 실어 날랐다
자고 나면 소달구지 숫자가 늘어났다

왈짜 박치술이 바리바리 실어낸 쌀,
바다 건너 망한 나라로 갔다
섬나라는 사십 년 만에 흉년을 만나
구백 원짜리 조선 쌀 한 섬이 이만 원이라

밀수꾼들 날마다 수천 섬씩 퍼다 날랐다
부산 갈매기 하나,
논산에서 쌀이란 쌀 죄다 거두어
화물기차 열여덟 칸 꽉꽉 채운 곱배를 끌며
미제 라이방 삐딱하게 걸치고 휘파람 불며
기적도 우렁차게 부산 부두로 달려갔다는
소문 듣고 박치술 눈빛은 이글거렸다
영천 쌀 죄다 거두어
기적 소리 빵빵하게 부산 부두 가는 게 꿈이었다

눈이라도 내려 일 없는 날이면
운송업자 박치술은 배 쑥 내민 팔자걸음으로
라이방 삐딱하게 걸치고 집을 나섰다
권력들만 우글거리는 군청 경찰서에서도
바다아귀처럼 살찐 늙다리 지주들에게도
박치술은 사장님으로 통했다
밤마다 야매시장으로 갈 쌀을 실어내면서

바다 건너 섬나라로 갈

쌀가마니를 역전 창고에 쌓으면서

주저리주저리 설명 필요 없도록 일이 몸에 배자

사흘들이로 지주들 쌀 듬성듬성 빼돌렸다

화물차로 야매시장 가는 길 알아냈을 땐

염매시장 말감고 목구멍에도 거미줄이 걸리는데


조선 물정 모르기로야 못된 군인 하─지나 다름없는

붉은여우가 한사코 손사래를 쳤지만,

조선 쌀 오백만 섬 가져왔다고

아사히신문이 그 사실을 털어놓았지

그러니까 붉은여우와 하─지가 밀수출을 한 거야

좀 더 솔직하게 표현하자면

맥아더 명령이라고 해야 옳은 말이겠지만

선포공화국 선포대장 하─지가 선포 안 한 건

쌀 빼돌린 것, 이거 하나뿐이야

그렇지 않은가, 젊은 친구?

# 두 형제

성질대로 한다면 그 새끼들 다 때려죽인 뒤
나도 그만 칼 물고 꽉 엎어지고 싶지만
그러나 우짜겠는기요, 성님
아새끼들이 배고프다고 징징거릴 때마다
죽은 어무이 생각보다 먼저 성님 얼굴 떠오르디더
그러이 이 판국에 우짜겠는기요
배급은 두당 두 홉 네 작으로 즈그들이 정해놓고
다섯 식구 목구녕으로 곡기 넣어본 지가 언젠데
아나 여깄다, 쌀 한 동가리 안 주니더
씨팔, 이게 무신 나란기요
담배공장 댕기는 사람들 하도 배가 고파서
담배갑 붙이는 풀 다 묵어뿌러 난리가 났다드마
공장에서는 그 풀 몬 묵게 약을 섞었는데도
배가 고파 환장이라 그것도 묵었니더
글치만 성님이야 굶어 죽을 일 머 있겠는기요
소두 한 말에 삼십팔 원으로 정해놓은
쌀은 쥐새끼들이 다 처묵으뿌렀는동

야매시장 한번 가보소
백오십 원을 줘도 쌀 한 동가리 못 사니더
월급 암만 받으면 머 하는기요
그 돈으로 양식 한 톨 살 수가 없는데……

대구 사는 아우가 새벽같이 들이닥쳐서
설익은 밥 두 그릇을 숨도 안 쉬고 퍼먹은 뒤
다섯 남매 생각하니 밥도 잘 안 넘어간다며
민망한 웃음 잠깐 베어 물더니
제법 많은 돈을 방바닥에 꺼내놓으며
양식이나 좀 달라고 사정을 했다
도끼눈으로 남편 한번 째려본 여편네가
우리도 며칠 뒤엔 아예 입을 봉할 처지라며
이십팔 량 기차 곱배보다 긴 사설 풀어놓더니
한 닷 되쯤 담은 쌀자루를 들고 왔다
아우는 형님 얼굴 바라보다 냉큼 일어나
쌀자루를 방바닥에다 털어버린 뒤

땟물 졸졸 흐르는 옛날이야기 꺼내놓으며
수양버들처럼 길게 목을 놓았다
이게 무슨 경우냐고, 이게 무슨 형제냐고
눈보라 속 고라니처럼 울부짖었다

호박잎 말린 것을 담뱃가루에 섞은
독한 연기 거듭해서 빨아들이며
그 아우 등 뒤에서 형은 속으로만 울었다
해 바뀌자 쏟아지는 눈보라 속에서 느닷없이
농사꾼은 두당 네 말 닷 되씩만 남기고
땅속에도 산에도 감추지 말고
최고 가격 삼백칠십오 원으로 정해놓은 나락을
백오십 원에 공출하란다
내놓지 않으면 백이십 원에 빼앗아 간 뒤
군정재판 받으라는 날도둑놈들 협박 속에 사느니
여기 와서 다리 뻗고 분풀이라도 할 수 있는
아우가 나는 차라리 부럽구나

증조모 산소 아래 다복솔숲 어디쯤
묻어둔 나락 몇 가마,
그걸로 여섯 번 조상님께 젯밥 올리고
풋바심 보리 날 때까지 일곱 식구 목숨줄이라
자네 형수 몰래 꺼내줄 용기 차마 없으니
내 등짝에서도 콩만 튀는구나
우야겠노, 그래도 우야겠노
저 알량한 쌀이라도 가져가서 밥해 먹는 동안
송곳 끝 같은 무슨 수야 설마 안 생기겠나
가소, 아우님 고마 가소……

# 하곡수집령


날만 새면 공출 독촉이 채찍비로 퍼부었다
나뭇가지에 걸어 놓은 보릿단에서
꼬물꼬물 싹이 나와 질금 만드는 유월 장마에
숨긴 보리 꺼내 공출 안 하면
오막살이 몰수하겠다고
일가족 몰살하겠다며 콩 볶듯이 볶았다
인구가 삼만이나 늘어난 유랑 걸식 영천에도
호열자로 서른 명이 죽어 나가자
오는 열차나 가는 열차나
창문 죄다 꽁꽁 처닫은 채
다섯 군데 역 어디에도 서지 않고 지나갔다
양식 구하러 가던 발걸음이 마당에 주저앉으면서
시궁창 쥐라도 잡아먹을 듯
읍내 사람들 눈에 독기가 서리자
박치술은 어린 여자와 밤도망을 쳐버렸다


보리는 내놓되

가을까지 먹을 건 남기고 공출을 하면
석유 비누 광목 신발 같은 생필품을 달라는
전국농민조합총연맹 하소연을
미군정은 무시하고 말았다
회원이 삼만 가까운 영천농민조합 지도부가
묵살된 요구를 군청에서라도 받아달라고
물 건너 가버린 소 이까리 잡아채듯
하루에도 몇 차례나 군수를 찾아갔다
이름 석 자, 시궁창에 던져버리고 개명했던 놈
변죽 좋은 대머리 과장 하나가
살살거리며 어디론가 전화질을 하더니
포고령 위반으로 몽땅 옭아버렸다

총 멘 경찰을 양쪽 옆구리에 거느리고
말좆처럼 굵은 담배를 질겅질겅 씹으며
식량계원이 왈짜 걸음으로 왔다
해방 전에도 도끼눈으로 공출 독촉을 하던 놈,

동네 사람 죄다 불러 두 줄로 세웠다
늙은 옹구바지들로 한 줄,
젊은 장정들끼리 또 한 줄,
그렇게 마주보고 세운 뒤
늙은 사람이 젊은 사람 왼쪽 귀를 잡게 하고
젊은 사람도 늙은 사람 왼쪽 귀를 잡게 해서는
오른손으로 왼 뺨을 때리라고 시켰다
보리를 어느 자리에 감추었는지
실토할 때까지 때리라고 윽박질렀다
손바닥에 힘이 실리지 않으면
생나무 몽둥이 같은 손바닥으로
늙은 사람 뺨을 때리는 시범까지 보여주었다
두 눈에서 불꽃이 철철 흘러내릴 때까지
만고잡놈 떠꺼머리 농사꾼들이
옹구바지 늙은 농사꾼을 개 잡듯이 잡았다
흔들리는 어금니 감싸쥔 채
온 동네가 안팎으로 원수지게 한 뒤에

보리 숨긴 자리 밀고가 이어지고
공출 못 하면 오막살이도 몰수하면서
장한 것,
영천은 공출 실적 단연 일등이었다

공출 못 한 사람들 죄 끌려갔다
보리 가마 싣고 가던 트럭으로 실어 갔다
자갈길 삼십 리, 오십 리 덜컹덜컹 끌려가면서
새 몇 마리 날아가는 저녁노을 너무 붉어 울어버렸다
품값 한 푼 못 받는 나라 놉 살이 팔자들,
해 지고 영천경찰서 노고지리 통에 갇혀버렸다
경찰서까지 타고 온 운임 십 원,
유치장 숙박비 구십 원을 고스란히 뜯겼다
화적 보따리도 털어먹을 놈들이었다
장승 입술에 밀가루 처발라놓고
떡값도 받아낼 놈들이었다

# 도정 금지령

보쌀치기 파고드는 사내 밀어버리고
식전 댓바람에 빗속을 뚫고 재종숙 집에 가서
혀 꼬부라진 소리로 보리쌀 닷 되를 꿔 온
가리실댁 부엌으로 홈실댁이 발뒤꿈치 들고 왔다
돌나물 짠지 한 추바리 내려놓으며
보쌀 있으믄 쪼매만……
된장 한 바가지 퍼다 놓고
밥솥에 물만 쏼쏼 끓이고 또 끓이다가
앞니 꼭 깨물고 달려왔다며
젖은 부엌 바닥에 풍덩 주저앉아 버렸다
없다고 했다가는 영 안 갈 모양새라
가리실댁은 남은 보리쌀에서 몇 홉만 덜어주고
또 누가 쭈그렁 바가지라도 들고 올까봐
물거리 나뭇단 아래
검불 더미 속 깊숙한 곳에 자루를 감춘 뒤
칠성판 같은 세상에다 가래침을 뱉었다

양식 떨어지고 보름이나 지나도록
비에 젖은 방앗간 문은 열리지 않았다
추녀 밑에 보리 가마 쌓아놓고도 찧지 못해
곱다시 굶기는 세상에 비웃음을 깨물었다
보릿단에서 보리 싹을 꾸역꾸역 밀어 올리며
구질구질 유월 장마 하염없는데
불문곡직 도정 금지령이 떨어지고
순사들이 와서 방앗간 문에 못질을 해버렸다
곱다시 굶고 처진 양식 내놓으라는 건지
암만 곱씹어도 알 수 없는 노릇이었다
식어버린 아랫도리 지분거리며 보채는 사내
더운 품속으로 파고드는데
어디서 총소리가 몇 번 처마 끝을 흔들었고
작달비가 금방 총소리를 잡아먹었다

# 공출량 조사

빨갱이 씨라고 낙인을 찍어
인민위원회 구홍서 큰아들을 때려죽인 건
노굿이 마구 이는 땡볕 속에서였다
우익이 좌익에게 보낸 경고가 아니라
상것들이 함부로 세상을 들쑤시며 다닌다고
아랫것들에게 보여준 윗것들 서푼짜리 유세였다
작인들이 만나 풀어낸 넋두리가 숲이 되고 있었다
금호강 상류에서 숲이 짙어지자
사람들이 그 숲으로 와서 울창해지고 있었다

흰 와이셔츠 차림으로 나온 군청 직원이
보리 공출은 목표치에서 절반도 못 채웠다며
공출 나락 숫자를 마음대로 부풀려서 매겼다
가루담배 살 돈도 없는 김갑인은
개 등짝 같은 천수답 세 마지기에도
공출이 다섯 가마나 떨어지자
힘아리 빠진 팔다리 근육이 파르르 떨렸다

들판에는 진흙 묻힌 농민조합 거친 손들이
군청 직원 하얀 멱살을 틀어쥐었다

가무사리 심한 갈치배미 천수답에 갔다가
능구렁이 한 마리 붙들어 가래 끝에 매달고 오니
박헌영이 온다는 소문이 돌아다니고 있었다
농민조합은 농사꾼 세상이 눈앞에 왔다고
수캐 좆 자랑하듯 흰소리를 떠벌이고 다녔지만
김갑인은 속으로 코웃음을 쳤다
짧은 지팡이 임정을 조선 정신으로 믿었기에
인민위원회를 기다란 지팡이로 알았으나
유랑 정부 임정도
허풍쟁이 인민위원회도
웬걸, 밥값도 못 하는 전나귀 신세라
김갑인은 벌써부터 그 꿈을 놓아버렸다

밥솥에 물 한 바가지 찔끔 붓고

된장 서너 숟가락 서리서리 풀어 넣어서
북어 대가리 하나 찢어 펄펄 끓인 뒤
김갑수는 부엌 바닥에 선 채로
두 대접, 후루룩 퍼 마시고 집을 나섰다
조선공산당 경북도당 선전부장 황보집皇甫輯이
경북인민위원회 노동부장 정시명鄭時鳴을 데리고
고향 영천에 온다고 잡힌 회의라
오늘은 무슨 대책이 나오리라 크게 믿고 있었다
지도부가 깡그리 끌려가고 없는
삼만 회원 앞에 인민위원회만 나서준다면
군청이나 경찰서쯤이야 밥상 뒤엎기라고 생각했다
가을로 접어들면서
인민위원회와 연석으로 열린 회의 때마다
추수 전에 군수를 아갈잡이해서 끌어내야 한다고
젊은 농사꾼들이 삿대질로 벼리었지만
지도부는 어떤 결정도 내리지 못하고 있었다
솔개그늘도 없이 늦더위가 기승을 부렸다

나를
믿고
걸어

제3부

# 영천아라리

1

상현 달빛이 씻어놓은 매화처럼
가난한 별들이 오돌오돌 추위에 떠는 밤이었다
관솔불 그을음이 눈물 자국을 선명하게 해주는
헌 가마니때기나
대삿자리를 깐 방 안에서
죽사발 바닥을 긁어대던 칭얼거림이 그쳤다
버려진 왕조 객사에 차린 운암야학에서도
가갸거겨 글 깨치던 소리 시들해지고
머슴 엉덩이 밑에서 기어 나오는 새끼를
사랑에 앉아 당겨 감던 지주도 잠들 때였다

추석을 쇠지 못한 집들마다
잘 익은 조선 가을을 제기에 쌓아
중양절 차사茶祀 준비를 끝낸 뒤였다
하이칼라 징용패들이 움막살이하는

두물머리 언덕 유정숲 초막에서만
드문드문 관솔불 빛이 보일 뿐,
붉은여우 울음 간간이 기척을 하는 마현산 발치
달과 별이 읍내를 운영하는 자정 무렵이었다
별 하나가 천년 묵은 절 한 채로 장엄해지는 시각,
담장 새로 쌓은 향교 아래
울바자 무너진 샛골 어느 집에서만
산통을 견디는 소리가 어둠을 깨물고 있었다


갈대가 몸을 섞어 거문고 소리 내는
금호강琴湖江,
갈꽃이 지천으로 피어 있는 남천南川 너머
강둑을 따라 동서로 길게 이어진
완산벌 능금밭에는 홍옥이 붉게 물들었다
금호강 거문고 소리 발 아래 널어놓고
벌어진 두 톨 밤송이처럼 앉은
군청과 경찰서를 삼면에서 에워싼

문내 문외 창구 과전 교촌동 일대 골목에는
세 집 건너 한 집 울바자마다
검은 복장을 한 사내들이 웅크리고 있었다
이따금씩, 개똥망태를 걸머진 사내가 지나가며
후익, 짧게 휘파람을 불면
돌 부딪는 소리가 두 번 맞장구를 쳐주면서
읍내는 물 샐 틈 없이 관리되고 있었다

그 시각이었다
가명을 여덟 개나 가지고 온갖 변장술로
일제 경찰 거미줄 감시망을 뚫고 만주 일대와 국내로
잠입과 탈출을 수없이 감행했던
김은한金殷漢은 날랜 사내 다섯을 데리고
남문통 경찰서장 관사 뒷담을 넘어갔다

중앙선 하행 화물기차가
서문철교에서 길게 적막을 흔들자

그 소리가 신호이기라도 한 듯
남천 북천이 몸을 섞는 두물머리 언덕배기 옛터,
유정숲 움막 불빛이 일제히 사라지더니
사람들이 꿈틀꿈틀 서문고개로 움직여나갔다

선잠 깬 아낙들 무릎 관절통을 밟고 가는 기차 소리가
십 리 주남들 쇠늘이를 느리게 지날 때였다
어깨마다 두세 자루씩 장총을 멘
사내들 한 무리가 기차에서 뛰어내리더니
순검하는 남문통 주남다리를 피해
물소리가 남쪽으로 구부러지는 서쪽 담안에서
길라잡이를 만나 강으로 내려갔다
사내들은 성당 만세정晩洗頂으로 연결된
갈대숲 징검다리를 열 걸음 거리로 건넌 뒤
만세정 밑에서 길을 나눠 잡았다
한 패는 상속골 북쪽으로 고샅길을 밟아
마현산 중턱 인민위원회로,

또 한 패는 호연정과 창대서원 뒷담을 따라
개웅굴샘 비석거리 쪽으로 사라져갔다

기차가 강을 버리고 동쪽 산코숭이를 돌아가자
진청陳請 마당 모서리 별관 지붕 위에서
짧게 세 번,
길게 또 두 번, 불빛이 깜빡거렸다

금호강 남천 청계석벽淸溪石壁 위
지린내 나는 조양각朝陽閣 마룻장 밑에 숨어 있던
복면 차림 사내들이 여럿,
군수 관사 홰나무 그늘 속으로 파고들었다


2


어젯밤부터 세 번이나 장소를 바꾸었다가

마지막으로 화룡동 무당집에서
하나둘씩 번차례로 몸을 빼낸 사내들은
장승배기에서 만나 어둑발 속으로
깍골을 타고 잿고개 넘어
발뒤꿈치 들고 읍내로 들어왔다
저물면서 경계가 야물어진 경찰서 일대를
사내들은 세 패로 나누어 두 차례나 걸어본 뒤,
등화관제를 한 인민위원회로 가
해거름에 중단된 회의를 이어갔다

대구가 신호탄을 쏘아올린 시월 일 일
그날 밤이었다
군수 처단, 경찰서 장악 밀명을 받은
경북인민위원회 노동부장 정시명이
총 든 동지 오십 명과 트럭 몰아 영천으로 달려왔다
마누라에게도 들키지 않게 그 일을 준비하는
짧은 이틀 동안

인민위원회도 농민조합도 등에서 콩이 튀는데
다급하게 잡은 이 거사를 앞두고
흉터에 조약 붙이듯
회의는 콩팔칠팔 자기주장만 앞세우느라
한 발도 움직이지 못한 채 자정이 코앞이었다
회의가 길게 이어지면서 인민위원회 일부는
상부 지령을 수정한 안건을 내놓고
자기들끼리 된다, 안 된다 얼굴을 붉히면서도
농민조합 요구는 허용하지 않으려 했다

위원장 동지, 돌쳐 생각해보시오
무엇보다 서장과 군수는 인질로 잡아야만
경찰서를 접수하고 뒷일도 보장할 수 있소이다
그깟 지주 몇 사람쯤이야
경찰서만 장악하면 제 발로 걸어올 것이오
또 텅 빈 군청을 이 새벽에 어쩌자는 것이며
이 숫자로 거기까지 어디 감당이나 되겠소이까?

발언을 할 때마다 조금씩 살을 붙여가는
부위원장 김만근 대머리를 슴벅 바라보던
정시명이 야릇한 웃음을 머금다가 지워버렸다


하곡 공출 문제로 구속된 지부장을 대신해서 나온
정채진이 분통을 터트리고 말았다
인민위원회 절대다수가 농사꾼들이니
농사꾼들이야 작게는 농민조합으로 한솥밥이요
크게는 인민위원회와 가마솥으로 한 식군데
농민조합은 무시하고 복종만 하라면
보소, 그 말에 어디 영이 설 수 있겠소?
인민위원회가 상부 지령만 강조하는 건
몇몇 지주 아들들이 내세우는 허울 좋은 핑계라고
정채진은 일찌감치 판단하고 있었다
당신네는 왜 백줘 우리 말에 말뚝부터 박는 거요?
하루 점들 그 무슨 얌통머리요
당신네가 가죽풍구를 안 건드리겠다는

그 빤한 속내를 내 모를 것 같소!

쑥대머리 울분이 마른천둥으로 돌변해
인민위원회 몇몇 아비를 비난하는 꼴이 되어버리자
허우대가 유난히 큰 사내 하나가
카빈 개머리판으로 바닥을 쾅, 울리며 일어섰다
당신들은 날 새도록 당신 위원장 희롱이나 하시오
해거름에 강산옥 여자 셋을 지서로 보내
외상값 시비 거칠게 붙여놓은 뒤
그 틈에 달려들어 경찰 손발을 묶어버리고
뒤늦게 신녕에서 화물기차 꽁무니에 매달려 온
김갑수金甲守가 정채진을 끌며 뛰쳐나가자
인민위원회가 우르르 앞을 막는 바람에
두 조직은 그만 멱살잡이로 뒤엉키고 말았다

예술가 위원장!
바늘허리에 실 묶는 짓 만수받이만 할 거요?

정시명이 품속에서 권총을 뽑아들고서야
다들 시르죽은 얼굴로 엉거주춤 자리에 앉았다
알거냥을 당하고 놀란 임장춘林將春이 대받질은 못 하고
늙은 꺽정이같이 구레나룻만 휘감은 채
가무사리 든 콩 이파리처럼 얼굴을 찡그리자
앙다문 채 눈빛을 천장에 던지고 있던
정채진이 예술가 위원장 하얀 손을 잡아주었다
가죽풍구 열명길 배웅을 벼슬로 알았으니
그저 죄만스럽소

그 말 끝에 길게 침묵이 이어졌다
글 배우기 시작한 귀뚜리 소리가 몰려오고
금이 간 북창 유리를 여우 울음이 흔들며 지나갔다
누군가 길고 답답한 침묵을 밀어내며 말했다
잘 가는 말도 영천장이고
못 가는 말도 영천장이란 말이 있다지만
동지들, 이 무슨 못난 짓이란 말인가

책상물림 주제에 같잖은

나이 앞세워 되잖은 소리 좀 해야겠네

콩팔칠팔 따지는 자리 뒷전에서

얼굴 한 번 찌푸리는 일 없이

두루마기 고름만 풀었다가 매기를 반복하던

운암야학교 교장 김상문金相文이

해 지고 처음으로 책사 자리에 돌아와 앉아 있었다


보현산 왼편으로 백 리를 흘러 남천南川

오른편으로 칠십 리 북천北川이 닿아

사박협沙搏峽에서 마침내 강을 이루는 곳,

주남들을 거느린 작산鵲山

남천 북천 사이에서 읍내를 품안은 마현산馬峴山

서북으로 거친 바람 막아주는 유봉산遊鳳山이 있어

영천을 이수삼산二水三山이라 일렀소이다

왜놈에게 주권을 빼앗기고 수십 년,

영천은 도화유수 별세계냐는 비판 많았소

웃음엣말로도 낮 뜨거운 힐난 듣지 않았소?

산남의진山南義陣을 이끌고

영남 일대 일본군을 유린하다가

정용기 의병장이 적 포탄에 사망하자

비록 황제 명으로 동학군을 토벌한 바 있었으나

아들이 지키던 자리로 달려가 의병장이 된

아비 정환직의 예는 동서고금에도 없던 일이었으니

영천이 키운 독립운동가 왜 없었겠으며

각 방면에서 활동한 의혈 청년들 많았지만

내 이 자리에서 구구하게 변명할 이유는 없는 것,

우리 영천에선 해방 조국 안녕을 염려해

두만강 국경에 가서 수자리도 감당할

군사 단체 의우단을 결성하고

국군준비대까지 조직하며 만전을 기했소이다

그러나 군정 당국이 사설 무장단체로 규정해

해산 명령과 동시에 체포령이 떨어지자

독촉국민회獨促國民會에 위장으로 가입하면서까지

동지들은 그 대오를 유지했소

그리하여 거년 십일월,

유림이 지켜보는 저 서슬 푸른 향교에서

혁명순국열사 추도제를 올리며

민족운동에서 우리는 정통성을 계승하였고

군민들로부터 그 권위를 승인받았소

영남에선 그나마 곡창지대랄 수 있어도

땅 주인이라곤 몇몇 지주들이 전부라

해방 세상에서 우리가 겪은 굶주림과 공출 고문

오롯이 뼈에 새기고 있다면

인민위원회니 농민조합이니 구별한들 한솥밥이니

동지들은 저 임진년 난리를 기억해야 할 터,

성은 허물어지고 군사들이 가랑잎으로 흩어지자

임금이 백성을 버리고 북방으로 도망갔을 때,

영천 선비가 나서서 격문을 돌렸고

민초들이 달려와 창의정용군倡義精勇軍이 되었소이다

적을 보고 황겁惶怯하여 함부로 말하는 자

명령에 복종하지 않고 대오를 이탈하는 자
참형한다는 군율 엄히 세운 창의정용군,
편서풍에 마른풀 태운 연기와 모래를 성안으로 날려
육박전 치열하게 왜적을 소탕했소이다
왜장 법화法化 목을 벤 그 자리에 서야 할
동지들은 오늘밤 창의정용군일 터,
같잖은 나이 앞세운 김에 한마디만 더 하겠소
영천장에 콩 팔러 간다는 말,
이 말은 죽음을 무릅쓴다는 뜻이외다
영남 곡물 집산지 영천으로 가려면
시티재 구룡산 한티재 노귀재를 넘어야 하는데
고개마다 도적들이 버티고 있어서 생긴 말이오
그런데 오늘 밤 동지들을 보니
엉둥덩둥 영천장에 콩 팔러 가다가
콩 가마 다 빼앗기고 목숨 부지하기도 어려울 듯싶소
오늘밤 우리들 무덤이면서도
파천황破天荒 시대가 도래할 자리에서

왜 참지름 엎어놓고 깨씨 줍자는 짓인가?


3


소쩍새 울음 신호도 없이 산지사방에서
팽팽한 정적을 소리 없이 흔들며
사람들이 셋씩, 열씩 모여들기 시작했다
골목마다 숨어 있던 사내들이 걸어 나와서
길 안내하며 집집마다 사립을 흔들어주었다
우세두세 짚신발 소리에 무슨 낌새라도 차렸는지
대구선과 중앙선이 교차하는 주남들 위로
불팔매가 마구 사선을 긋는
새벽 한 시,
바로 그때였다


서쪽 봉화산 꼭대기 별빛이 소스라치면서

봉수대가 길게 불빛을 뿜어 올렸다
눈 부릅뜨고 기다렸다는 듯이
채약산과 관산이 그 불빛을 받았다가
다시 화산으로 넘기고
방가산과 기룡산이 마지막으로 받아 끌 때였다

인민위원회로부터 지령을 받은
전범대는 김종영 최상호 박봉영을 움직여
잽싸게 군수 관사 홰나무 그늘 속으로 숨어들었다

대구 불씨를 살린 건 농사꾼들이었다
하곡 수매 내놓을 보리가 없으면
시퍼런 쭉정이 나락이라도 베어 공출하라는
영천군수 야유가 힘을 키웠다
가을걷이 해봐야 앞잡이들 농사,
공출 고문에서 벗어나려면 떨쳐 일어나야 했다
달싹거리는 입술 봉하고 몽둥이를 준비한

읍내 변두리 마을과는 달리
군청 경찰서를 삼면에서 에워싼
문내 문외 창구 과전 교촌동 일대에는

자정을 전후해서야 기별 넣었다
군청에서 중양절 젯밥 지을 쌀을 나눠 준다고
농민조합원들이 은밀하게 집집마다
거짓 선전을 하고 다녔다

최상호 등 위에서 담을 넘은
전범대가 잔디 마당에서 칼을 빼 든 순간이었다
먼저 와서 군수 손을 잡고 나오다가
눈빛이 딱 마주친 군청 직원
배병수가 주저앉아 얼음장으로 굳어버리자
군수는 냅다 뛰었지만 몇 걸음뿐이었다
성문 터 부근에 숨어 있던 인민위원회 사람들이
길 바쁜 군수 발목을 걸어버렸다

콧등을 찧으며 엎어진 군수 등짝으로 쏟아지는
생나무 몽둥이에 휘감기는 비명!

군청과 경찰서로 몰려가는
짚신발 소리가 읍내 정적을 흔들기 전,
군청 경찰서 신한공사 등기소 우편국에 배치된
인민위원회와 젊은 농민조합원들이 일제히 잽싸게
전화선을 끊어 길게 더 길게 삼천 발
오랏줄을 만드는 동안,
부처만당과 옥터 마을 사람들이 남쪽으로
조밭골 상속골이 뭉쳐서 동쪽으로
조혼달 보목골 분통골 도수장골이 서쪽으로
가침재 넘은 사람들이 쇠늘이를 거쳐 북쪽으로
길이란 길마다 먹장구름이 되어 몰려들고 있었다

쌀을 나눠 준다는 말에 놀란
두루마기 자락들이 쭈그렁 바가지를

망건 차림 껑더리들도 헌 자루 쥐고 나와
겹겹이 군청과 경찰서를 둘러쌀 때,
가죽풍구 땅을 부치는 옥터 마을 소작인들이
사방에서 군청 유리창을 깨트리고
마름 집 외양간 지붕을 죄다 뜯어온
썩은새 수십 뭉치를 칸칸마다 하나씩 밀어 넣은 뒤
송진 먹인 솜 뭉치에 불을 붙여 던졌다
인민위원회 몰래 농민조합에서 은밀하게 계획한
짚동 같은 불길이 군청을 휘감아버렸다


4


군청에서 동문삼거리 못 가 왼편으로
기우뚱 늙어가는 홰나무 아래
밤마다 마름쇠를 깔아둔다는 소문이 난
고래등 같은 기와집 마당에 들어섰을 때였다

가죽풍구는 수상한 기척에 문을 열어보다가
날아오는 짚신발을 알몸 콧등으로 받고 자빠진 뒤
마당을 꽉 매운 살기에 평생 처음 몸을 떨었다

그 어른을 밖으로 모시게
울림이 깊은 목소리가 처마 끝을 흔들자
가죽풍구는 대번에 그 음성 주인을 알아차리고
미간에 깔린 사색을 걷어내며
벽을 더듬어 두루마기로 알몸을 가리는데
사내들이 뒷덜미 잡고 마당에다 패대기쳤다
가죽풍구가 차돌처럼 야물어져 살펴보니
범강장달이도 두억시니도 아닌
난쟁이 똥자루만 한 잔망스런 옹구바지 촌것들이라
발뒤꿈치에 힘주고 냉큼 일어나
깜냥에 한껏 고래 고함을 질러보았지만
잔등 위로 벼락같이 몽둥이만 쏟아졌다

오늘까지 당신이 농사꾼들 피와 살로 재물을 쌓은 죄
영천 사람들은 누대로 기억하며 증오할 것이오
이젠 다 내놓고 여길 떠나시오
대신, 가는 길 안전은 내가 보장하리다
빳빳하게 굳은 가죽풍구 무릎을 꺾어 앉히자
임장춘이 멀찌감치 떨어져 총구를 이마로 겨누었다
거친을 숨 몰아쉬던 가죽풍구가
네 이놈 임가야,
이제 보니 순 도적질 공부만 배웠구나
니 애비도 내 앞에서는 감히……
먼 절간 불빛 같은 눈으로 북극성을 바라보던
임장춘은 세파에 닳은 눈빛으로 돌아왔다
가죽풍구 마빡에 총알을 박아버리고 싶었으나
구레나룻 몇 올을 혀끝으로 말며 생각에 잠기자
대구에서 온 사내들이 기둥에다 마구 도끼날을 박으면서
도낏밥 한 조각이 귓불을 때렸다

서릿발처럼 차가운 새벽 별빛을 흔들며
군청에서 함성이 불길을 밀어 올리고 있었다
임장춘은 거칠게 노리쇠뭉치를 당겼다가 놓은 뒤
다시 총구를 가죽풍구 이마에다 겨누었다
당신이 고등어 껍질로 밥 한 숟가락 싸 먹을 때마다
농사꾼 몇 사람이 죽어나간 줄은 아시오?
마지막으로 한 번만 더 묻겠소
다 내놓고 서울 아들네로 가시오
임장춘은 대구 사내들 거동을 힐끔거리며
군사설이 길었다고 생각했다
떠돌이별이 흘러가는 남쪽 하늘을 쳐다보다가
별 하나가 아찔하게 눈을 찔러오는 바람에
이맛살을 구기면서 방아쇠를 당겨버렸다


빈 방아쇠 당긴 소리가 마른 천둥이었다
몽둥이를 잔등으로 받은 가죽풍구
묵직한 신음이 발등 위로 곤두박질치자

임장춘은 다급하게 물러서며 발등을 털어버리고
오늘 밤 이 자리에 온 것을 처음으로 후회하고 있었다
붉은 함성이 눈보라처럼 기왓골을 넘어왔다
가죽풍구가 가래떡으로 길게 늘어지자
행랑채 처마 밑에 묶여 발만 동동거리던
여자 하나가 냉큼 달려와 엎어졌다
아이고, 아이고 우리 대감!
늙은 여자 비명이 새벽 공기를 찢어발기자
임장춘은 그 여자 막내아들을 떠올리다가
대원들을 거두어 군청으로 향했다


5


군청에서 막 불길이 치솟을 무렵이었다
놀란 정문 보초가 빈총을 겨누었을 때,
이천 명은 좋이 경찰서를 둘러싸고 있었다

총 한 번 쏴보지 못한 오합지졸들
카빈 실탄 다섯 발도 못 비우고
늦가을 가랑잎처럼 흩어졌다
무기고를 털어 총 스무 자루를 나눠 가졌다
신한공사 등기소 우편국에서 불길이 치솟았다
선동자들이 곳곳에서 적기가를 선창하자
운암학교 학생들이 몰려나오고
상투 튼 늙은이들도 앞장을 섰다
경찰은 얼떨결에 방아쇠를 당겼지만
제풀에 놀란 총구는 허공으로 치솟았을 뿐,
팽팽한 대열에는 파문 하나 일지 않았다

다급해진 경찰이 탄창을 바꾸는 사이
대구에서 온 사내들이 달려들어 쓰러트렸다
인민위원회 하나가 총 맞아 쓰러지고
경찰 둘이 엎어지자 수사과를 수중에 넣었다
또 누군가가 짧게 신음을 토하며 넘어졌고

항복 선언한 경찰을 쏴버리자 사찰계가 떨어졌다
여기저기, 제복을 벗어던진 경찰들이
바지 바람으로 담장을 넘어 군중 속으로 파고들더니
조양각과 심상소학교 사이를 가로질러
절벽 아래 금호강 물 속으로 뛰어내렸다

삼팔선은 철폐되었다!
굶주린 동포들이여, 일어나라!
북조선인민위원회 동지들이
우리를 구하기 위해 남조선으로 내려왔다
떨치고 일어나 친일 관리들을 처단하라!

서문통에서부터 어둠을 헤치며
대구에서 온 방송차가 읍내를 선동하고 있었다

야릇한 냄새와 불티가 하늘을 뒤덮은 군청 앞
드넓은 진청 마당을 꽉 채운 채

땀과 그을음이 뒤섞여 땟국에 절은
봉두난발들이 늑대처럼 으르렁거리고 있었다
지도부는 군청 별관 앞에서 만나 악수를 나누다가
김은한이 경찰서장을 잡지 못했다는 사실을 알았고
밤사이에 구레나룻이 더부룩하게 자란
임장춘은 별관으로 오르다가 흠칫, 몸을 떨어야 했다
횃불로 밝힌 계단을 등에 지고
군수 이태수李泰守가 비스듬히 누워 있는 것이었다
잠시 두 눈을 질끈 감았다가
끝없이 이어진 대열을 바라보면서
임장춘이 짧게 몸을 떨 때,
훔치다 만 눈물방울을 찬바람이 거두어갔다

이렇게 쉽게 이루어질 줄 모르고
피를 말렸던 지난 이틀을 생각하자
짙은 피로가 눈꺼풀을 지그시 눌러왔다
임장춘은 짧게 진저리를 친 뒤

남쪽으로 많이 기울어진 북극성을 쳐다보면서
군중들을 향해 한 걸음 내딛다가 물러섰다
오늘부터 모든 행정기관은 인민위원회가 접수하며
치안은 조선민주주의청년동맹이 책임지는
새로운 인민 세상을 선포한 뒤
날 밝으면 모든 지주들 창고를 열어
양식을 분배하겠다는 연설이 준비되어 있었지만
임장춘은 슬그머니 마이크를 놓아버렸다

지주놈들 처단하자!
친일파를 몰아내자!
사람이 아니라 늑대 무리가 울부짖고 있었다
한 번도 삶을 되질해보지 못한
인간들 야성이 하얗게 빛나고 있었다

임장춘은 지도부와 잠시 머리를 맞대었다가
계획대로 대오를 네 갈래로 나누었다

정채진이 서문통으로
김은한은 북문통으로
임장춘이 남문통을 맡아서 흩어져갔다


김상문은 정시명과 동문통으로 걸어가다가
경찰서장 행방이 묘연하다는 말을 들어야 했는데
달리 대꾸해줄 한마디를 찾을 수가 없어
어느 지주놈에게 초대받아 갔다가
젊은 계집 끼고 곯아 떨어지지 않았겠느냐며
흰소리로 정시명의 걱정을 덜어주었다
활터를 지나 오르막에서 내리막으로 접어들자
등이 굽어 늙은 홰나무 집에서
곡소리가 흘러나오고 있었다
대원들이 그 집 대문에다 붉은색 페인트로
가위표 세 개를 큼직하게 그려놓았다
대열마다 집집이 꿰고 있는 사람을 앞세워
지주와 경찰, 군청 직원들 집을 지목하면

대문에다 페인트 색깔로 표시하게 되어 있었다
지주는 붉은색 가위표 숫자로 등급을
경찰은 검은색 가위표로
군청 직원은 하얀색 동그라미로
표시해서 두고두고 관리를 할 계획이었다

매캐한 연기가 깔려 비칠거려야 하는
동문삼거리 성냥공장을 지나
도수장골 입구 국수공장 앞에서 땀을 훔치는
정시명의 소매를 잡아당긴 손 하나가 하늘을 가리켰다
뒤돌아본 거기,
서쪽 봉화산에서 불길이 불끈 치솟아 있었다
바람이 잦아드는 어슴새벽이었다
정시명은 대열마다 파발을 놓았다

정시명이 김상문에게 뒷일을 부탁한 뒤
경찰 트럭을 타고 다급하게 금호면으로 떠났다

김갑수는 청통면과 신녕면을 맡아서
임장춘은 임고면으로 길을 잡았다
간부들은 저마다 책임 지역 찾아 뿔뿔이 흩어졌다
농사나 실컷 지어보겠다고 북만주로 갔다가
신우회信友會 책임서기로 있었던
쉰네 살 김은한은 좀이 쑤셔서
염매시장 고기도가 돔배기 장사치들과
전리품 트럭을 타고 화북면으로 달아나버렸다


6


지도부가 어둠 속으로 길을 떠나자
징용 갔다 온 읍내 아삼륙들만 신명이 났다
서울로 대구로 하이에나처럼 떠돌았지만
단벌 목구멍 풀칠할 일거리도 손에 들어오지 않아
옹솥 하나 걸지 못한 신세들,

구주탄광 막장으로 가서 돌아오고 싶지 않았던
징용 패거리들이 읍내를 깔고 앉아버렸다
미군비행기 폭격을 피해 돌아온 지 딱 일 년,
곡괭이질이 키운 근육질은 사라지고 없었다

그 시각,
천하 상것 불안당들이 물러가자
마님은 젊은 의사 주석봉을 부르고
서당골 미륵등 중부락으로 파발을 놓아
마름과 족친들을 불러 모으는 사이
행랑아비 내외를 곡비로 앉혔다
얼금뱅이 집사가 동문삼거리 일대를 살피고 오자
솜이불 위에 거적때기로 동인 가죽풍구를 들것에 실어
군청 반대편 어둠 속으로 길을 나섰다
쌀자루 멘 장정 십여 명을 데리고 간 집사가
동문거리에서 어정거리는 늙다리들에게
쌀자루 안겨 한 두름에 엮어 치우자

도수장골을 타고 북쪽으로
들것은 잽싸게 읍내를 빠져나갔다

지도부가 없으니 폭동으로 가고 있었다
인민위원회도 농민조합도 작동되지 않았다
하곡수집령 위반으로 농민조합 간부들
백사십 명이 한 두름에 싹쓸이 묶여버렸고
인민위원회 간부들도 열네 개 면으로 뿔뿔이 흩어져
어둠살이 걷혀도 읍내를 관리하지 못했다
빨가벗긴 채 한나절을 질질 끌고 다니던
군수 시체는 개웅굴샘 수챗구멍에 던져버렸다
그 살풍경 위로 가래침이 비 오듯 쏟아지고
불구덩이에 처넣자는 주장 거셌지만
대체로 눈에 핏발이 가라앉는 시간이었다

가침재 서문객주 중노미를 앞세운 소작인들
졸때기 지주들 아침 밥상 엎어버리고 패대기쳤다

베돌이 악돌이들이 집뒤짐을 하자
경찰 군청 직원들 집에서 쌀이 하염없이 쏟아져 나왔다
독촉국민회 간부들 지붕마다 불길이 솟았다
기둥뿌리 톱으로 썰어버린 뒤
동아줄로 묶어 어기영차 당겨 주저앉혀 버렸다
먹장구름이 하늘을 뒤덮었지만
해방구에 인공 깃발 드높이 내걸리지 않았다
단 한 발 총소리도 읍내 추녀 끝을 흔들지 않았다

샛골 어느 집에만 금줄이 쳐졌고
빨랫줄에 기저귀 몇 장 펄럭, 눈부셨다

제4부

우리를
되살아나는
슬픔

# 인종 청소기

1

귀뚜리도 가갸거겨를 익혀 가을이 깊었다
들판에는 벼이삭이 엄숙해졌고
금호강 물소리가 뒷덜미를 서늘하게 적시며
갈대들이 몸 섞어 시절을 노래하기 시작했다
팔공산에서 날아와 화산 방가산 건너 보현산 지나
팽팽하게 푸른 하늘에 물수제비를 띄우며
기룡산 두 바퀴 돌아 운주산까지 갔다가
관산 채약산을 샅샅이 더듬으며
꼬마 비행기가 누런 종이를 흩뿌리고 다녔다

타는 냄새 자욱한 해방 영천 점심때쯤이었다
가죽풍구가 피란을 떠났다는
소문이 읍내를 돌아다니고 있었다
곡비 앉혀놓고
지붕 위에서 초혼招魂까지 시킨

여우 같은 늙은 마누라 거짓부렁에 속아
가죽풍구 열명길 기차표를 끊어주지 못한 건
두고두고 한이 될 일이라고 가슴을 치며
여자들이 동문삼거리에 줄남생이처럼 모여 앉아서
쌀 한 자루씩 받아먹고 도망 길을 열어준
늙다리들 몇몇을 닭 털 뽑듯 헐뜯고 있었다

어디에서도 기별 하나 보내 오지 않았다
미군 전술부대가 도착하자 계엄령이 떨어지고
읍내에서 나가는 모든 길이 끊어졌다
검은 연기 속으로 사흘째 해가 질 무렵
두루마기에 도포까지 걸치고 갓 쓴 차림으로
김상문은 마현산에 올라 오래 생각에 잠겨 있었다
느닷없이 정시명을 영천으로 급파한 사람은
민성일보 편집국장이면서
조선공산당 경북도당 선전부장으로 있는
구전리 천석꾼 아들

황보집으로 짐작은 하고 있었지만
그는 무슨 작정으로 이 일을 감행했고
또 어떻게 이 사태를 경영해나갈 것인지
아무리 생각해도 그 속내를 짐작해볼 수가 없었다
지주 아들들이 간부로 있는 인민위원회와
소작인과 머슴들로 삼만이나 되는 농민조합에 대해
황보집은 한 번이라도 골똘해보았는지
읍내 풍경을 지워내고 있는 어둠을 노려보면서
김상문은 처음으로 분노를 느끼고 있었다
정시명이나 임장춘도 하루 뒤를 의심하지 않았고
늙은 자신도 사흘 후를 짚어보지 못했던 것이었다


2


분노가 갈앉자 피 튀기는 보복이 시작됐다
예고된 죽음은 엄청났으나 누구도 알아채지 못했다

언제 어디서나 즉결처형을 할 수 있는

음습한 그림자가 스멀스멀 몰려오고 있었지만

읍내 도로 봉쇄하는 지게 작대기 하나 보이지 않았다

농사꾼들은 논밭으로 가 읍내가 비워졌을 때,

대구에서 자갈길 백 리 거침없이

미군전술부대가 개망나니 경찰을 데리고 와

마구 불 지르고 연행하면서

부족마을 테러는 그렇게 시작되었다

사흘 만에 칠백오십 명을 끌고 가자

그보다 몇 배 많은 사람들이 도망을 쳤지만

날 밝으면 체포와 총살은 이어졌다

연행이 귀찮으면 아예 심장에다 총알을 박아버리고

"공산당은 인류의 적이다"

이 구호로 이념 주입은 장엄하게 시작되었다

그리고 짐승의 시간이 오고 있었다


삼팔따라지 서북청년단

붉은여우가 보낸 이데올로그,
철원 출신 미치광이 하상진이 우두머리로 있는
벼락부대는 인종 청소기였다
향교에 기관총 걸고 본부를 차리더니
이쪽 사람,
저쪽 놈들로 구분하면서
영천은 빨갱이 소탕 최초 실험무대가 되어버렸다
저쪽 놈들 스물다섯을 상엿집에 몰아넣은 뒤
수류탄 하나 까서 던져보았다
한 마을에서 마흔 명이나 과부를 만들어놓고도
무릎맞춤으로 졸가리 한 번 따져보는 일 없었다


3


가을걷이 끝나자 산사람들 공연이 시작되었다
운주산 발치 원기에서 금대 웃각단까지

열네 마을이 돌아가며 춘향전을 구경했다
춘향이도 월매도 치마만 두른 남자가 맡아
몽룡이 앞에서 허리 꼬며 교태를 부릴 때마다
사람들은 해방 후 처음으로 허리 꺾어가며 웃었다
키 작은 사또가
빌려 입은 도포 자락을 밟아 자주 비틀거려도
사람들은 눈치채지 못했고
칼 대신 송판 위에 턱 괴고 앉은
남자 춘향이 표정에서도 눈시울을 붉혔다

가을걷이 시작되어 정신없을 무렵부터
가실이 끝나고 싸락눈 칠 때까지
마을에서는 산사람들을 유랑극단으로 알았다
사내들은 마을마다 두셋씩 겨끔내기로 나타나
나락 베는 논에서 잠깐씩 일을 거들어준 뒤
물 한 사발 얻어 마시고 가기를 몇 번,
그렇게 무람없이 안면을 텄다

유랑극단 공연 닷새째가 되던 날이었던가
머지않아 새 세상이 오리라고 장담하는 사내,
울림이 깊은 구레나룻 사내 연설을 들으며
사람들은 왠지 그 사내가 낯설지 않다는 걸 느꼈다
그들은 점심때 지나 앞산이나 뒷산에서 내려와
공연이 끝나면 쌀 몇 말 얻어 지고
바람처럼 앞산이나 뒷산으로 숨어들었다
누구도 산사람들 처소는 알지 못한 채
운주산이나 천장산 어림쯤으로 짐작만 했다
토벌대가 이쪽으로 막 눈길을 주기 시작할 때였다


4


끝없는 행렬이 어디론가 끌려가고 있었다
콩 거둔 밭에 보리씨 넣다가

뒷결박을 받거나
몸은 버려둔 채 혼령만 끌고 가기도 했다
날마다 끌고 갔지만
한 번도 돌려보내지 않았다
피 말리는 정적과 정적 사이로 끼어드는
새 깃털 터는 소리에도
탕!
방아쇠는 당겨졌다
밤마다 능선 위로 봉화가 올랐다


아낙들이 의논을 모아 솔거해서 산으로 갔다
꽝꽝 얼어버린 참새 밥 먹감 홍시나 따서
산꿩이 울고 간 자리에 펑퍼져 앉아
심심해서 이나 잡았다
어쩌다 산사람들 추궁이 목을 찌르기도 했지만
몸이 산에 길들여질 때쯤,
도낏자루나 괭이자루를 만들다가

난리만 끝나면 장에 가서 팔 요량으로
도리깨를 만들다가
윷을 놀다가
날 저물면 돌아와 밭 갈아 보리씨를 넣었다


5


새벽 된서리와 찬바람에 시달린
나뭇잎이 붉은색을 버리는 무렵이었다
구레나룻이 억새처럼 무성하게 자란
임장춘은 남은 동지 다섯과 운주산을 버렸다
죽장 쪽에서 내려와 보현으로 가는 길을 잡나가
먼 우레처럼 들려오는
총소리를 피해 기룡산 남쪽 기슭으로 파고들었다
묘각사 아래 용화 음태골을 가로질러
도둑재 넘어 공덕 운산 오동 뒷산을 짚어 가면서

안천에서 구전으로 가는 길은 의심쩍어
안막골을 넘어 월영 뒷산으로 빠질 작정으로
독실 마을에서 강바닥 갈대숲으로 파고들어가
볶은 콩을 씹으며 날이 저물기를 기다렸다
이윽고 굴뚝에서 군불 때는 연기가 올라오자
대원들을 남겨둔 채 마을 길을 살펴보기 위해
오리장림五里長林으로 막 들어설 때였다
임장춘은 뒷덜미가 서늘해지는 느낌을 받은 순간
총알 세 발을 어깻죽지로 받고 말았다
쓰러진 가슴팍으로도 총알은 속수무책 파고들었다


읍내 서쪽 비탈 화룡동 천석꾼 큰아들
우에노 음대에서 벼린 목소리로
연설 좋고 노래 잘해 구름 관중을 몰고 다닌 사내
벽오동나무 맑은 소리를 닮은
임장춘은 넓고 깊은 공명통 전사였다

정시명은 청통에서 몸을 피하면서
팔공산을 버리고 화산 후사면을 밟아
섭재골로 내려와 방가산 서쪽 중턱에 닿았을 때
최후의 보루,
구전리도 꼼짝없이 포위되어 있었다
외줄기 달구지 길을 경찰이 틀어막았고
월영으로 가는 고개에도 진을 치고는
쉴 새 없이 총소리만 퍼부어대고 있었다
정시명은 고린내가 진동하는 발가락을 거풍하며
연락 두절 얼굴들을 하나씩 떠올려보았다

메이지대학에서 돌아온 그 시절,
영양청년회 청년동맹 신간회에 경동기자동맹으로
부지런을 떨다가 예비검속에 끌려가
청주형무소에서 병보석으로 나왔다
각기병에 붙잡힌 다리로는 걷지 못하고
리어카 타고 나와 급물살 역류를 탔다

영천인민위원장에 추대되었다가
경북정치학교 교장으로 불려 갔다가
경북인민위원회 노동부장 한 달 만이었던가
시월 일 일, 그날 밤
조선공산당 사무실 근처 어느 요정이었다

대구는 완전히 해방구가 되었네
이제 우리 고향에도 때가 온 것 같으이
오늘 밤으로 출발하게
가서 영천을 장악하고 우리 뜻 맘껏 펼쳐보게나
저녁답에 김은한 동지가 먼저 영천으로 달려갔지만
이 사실은 누구에게도 발설해선 안 되네
부리부리한 눈으로 쏘아보는 그는
메이지대학 동기로 손위처남인 황보욱皇甫旭이 아니라
거역할 수 없는 명령권자 황보집이었다

정시명은 황보집이 건네주던 권총을 꺼내

단 한 발 남은 총알을 장전한 뒤
턱 밑을 지긋이 찔러보다가
발가락이 비어져 나온 농구화에 감발을 하고
무너진 엉덩이를 천천히 일으켜 세웠다


6


시월이 가고 눈보라쳐도 시월은 끝나지 않았다
철모에 해골바가지 새긴 호림부대 투입되더니
걸핏하면 빨갱이 혐의 덮어씌운 뒤
돈 들고 가야 풀어주는 화적패 소굴이었다
소탕작전이 없는 날,
벼락부대 몸이 근질거리면
이엉 못 올린 초가 썩은새에 성냥이라도 그으며
날마다 반드시 하는 짓이라고는
누구라도 족쳐서 마을을 어지럽히는 일이었다

그믐처럼 삭은 몸들
발뒤꿈치 들고 산으로 갔다
가서 돌아오지 않는 산사람이 되었다
식은 아궁이마다
산꼬대를 피해 내려온 오소리가 기어들었다
짐승의 시간이 길게 이어지고 있었다

눈발이 희끗희끗 날리고 있었다
충청도와 전라도 응원경찰대에 맞서
악착 버티던 황보 문중
영천의 모스끄바,
구전리도 무너져 내렸다

아흔아홉 골을 거느리고 있는 방가산 동쪽
파계재 넘어서 수기령 아래
고수골 너덜겅으로 내몰리다가

김은한은 가슴에 총을 맞고 쓰러져
멀어져가는 동지들 뒷모습을 지켜보면서
쿨럭쿨럭 피 토하는 입술로 가만히 노래 불렀다
쏟아지는 함박눈이 입 안을 적셔주었다
흑룡강성 로가기향 신승촌에 갔을 때
강제 이주 당하고 돌아가지 못하는 영천 농사꾼들이
먼 북국에서 지어 부르던 영천아리랑이었다


7


막도장 하나 없는 머슴살이 신세라
이름 석 자,
불러주면 알아들어도
쓸 줄 모르는 천하무식이었다
가죽풍구 호화 저택 불구경을 갔다가
불타버린 지서 근방에서 막걸리에 취해

고래고함 지른 기억밖에 없는데
지서에 끌려가 조사를 받았다

도장만 찍으면 그 죄 없어진다고
구장이 와서 손도장이라도 찍어라 해서
도장밥 듬뿍 묻힌 오른쪽 엄지 기쁘게 눌러주었다
어설픈 웃음 깨물며 사진도 한 방 박아주고
술 마시고 고래고함 지른 죄를 면했는데
수렁논에서 나락 베다가 오라를 받았다
어느 낯선 골짜기로 끌려가 구덩이를 팠다
말 한 마디 허용되지 않았다
구덩이가 완성되고
물 한 모금,
담배 연기 한 모금이 간절해지는 사이
막 허리를 펴는 순간 알아차렸다
탕! 타탕! 탕탕탕탕······

구덩이로 꼬라박히며 희미하게 화약 냄새를 맡았다
개 짖는 소리 희미해지고 있었다


8


새 한 마리 먹이를 구하지 않는 마을,
붉은 함성만 허공 높이 걸렸다
저 수천수만 맨주먹 구호를 외치는 감나무 아래
무너진 추녀 울컥, 서럽다
극약처럼 깊은 폐허에 눈 내린다
붉은 함성 하나 둘 셋……
떨어져 눈 위에서 찬란하다


백 년 침묵, 구전리 맨주먹 외침!

# 배내기소

읍내 얼금뱅이 지주 수렁논 몇 뙈기에
풀 거름만 겨우 넣는 농사,
골목에서 개똥이나 줍는 신세였다
네 식구 목구멍은 늘 막막했는데
해방 전에 얼금뱅이 지주가 건네주는
배내기소 한 마리 몰고 왔다

엇부루기 똥오줌이 더 많은 양식이 되고
한두 해쯤 지나 새끼를 낳으면
어미 소는 돌려주고 송아지 한 마리 얻는 것이다
그 송아지 자라 쟁기를 끌면
며칠씩 일해주고 겨우 빌려 쓰던
일소 얻는 구차함도 없어지는 것이다
읍내 지주는 소코뚜레만
바지게로 두 짐이 넘는다는 말이 있었다
열두 살 큰놈은 바지게로 져다 날랐고
아홉 살 아이도 꼴망태를 메고 나가면서

소는 자라 첫 새끼가 들었다

그해 가을 벼락부대가
도망가는 농민조합 김성렬을 뒤쫓다가
소 뱃구레에 총질을 해버렸다
나락 베다가 소 우는 소리 듣고 달려가 보니
앞거랑에 뒷발 담근 채 소는 자빠져 있었다
박춘식은 환장해서 벼락부대에게 달려들었다가
뒤따라온 아내 몸만 다섯 놈이 짓밟고 말았다

환장할 사람은 환장을 하더라도
먹을 건 먹어줘야 염치고 예의였다
동네 사람들 저녁 밥숟갈 던져놓고 나와
박춘식 마누라 울음소리 속으로 발뒤꿈치 들고
관솔불도 없이 개울가로 향했다
죽은 자리에 파묻었던 소를 꺼내
어둠 속에서 풍덩풍덩 성결어 마을에 나눌 때

송치는 구장이 뒷전으로 빼돌렸다
남은 건 터럭 태운 냄새와 생똥 몇 바가지뿐이었다
잘 먹었다, 오냐 아주 잘 먹었다
집집마다 민망한 웃음 소고기로 틀어막으며
여한 없는 며칠을 살다가
내리 사흘을 물똥만 좍좍 쏟았다

여자가 뒷산 나뭇가지에 목을 매다가
동네 청년이 그걸 알아보고 집으로 업어 오던 날,
정작 실성한 사람은 남편 박춘식이었다
단풍색이 붉어지면서
싸락눈 치는 길 걸어간 소문이 되돌아왔다
얼금뱅이 지주가 장정 셋을 데리고 와
집뒤짐을 하다가 허허허 웃어버리고
철 덜 든 아들 둘과 어미를 모시고 가버렸다

# 임 형사

그 이름 아무도 기억해주지 않았다
약관에 일제 경찰부터 시작했지만
그래도 인심 한 번 잃은 적이 없었는데
이름 없이 임 형사로만 흐린 기억 속에 남아 있다
그는 시월 토벌 때 임고지서에 근무하면서
두 가지쯤 각별한 기억을 남겼으니
여러 사람 목에 걸린 올가미를 벗겨주고
잡힌 사람 몇몇 도망가게 도와준 일이었다

임고지서 습격 때 몽둥이 들고 설치며
지주 집 기둥에 도끼날을 박았던
이가원이야 고스란히 죽은 목숨 아니었나
콩 바심 끝낸 어느 무싯날
읍내 갔다 온 마누라가 옆구리를 찔러
처외가에서 달포쯤 묵고 막 돌아와
뒷담 밑에서 어정거리다 덜미를 잡혔을 때,
임고지서 임 형사가 불려와

몽둥이 들었다 안 들었다 판정 내리게 되었다
잡힌 사람들 꿇앉아 바짓가랑이 잡는 손
냅다 차버리던 순사들과 달리
임 형사 차분하게 옥석을 구분해주었다

이 사람은 순박한 촌놈입니다
집 나가봐야 논밭밖에 갈 데가 없지요
그렇게 이가원 두 눈에 불을 확 밝혀주었다
다 죽어가던 몇몇 목숨을 살려
가담자 명단에서 이름까지 지워주며
옥석을 구분하던 임 형사 눈 그리 밝지 못했다
일제 경찰과는 어긋나게 살아온 길이었어도
형사 임종도는 날마다 살얼음판 걸었다
돌아오는 길 삼십 리를 걸으며
이가원은 암만 곱씹어서 생각해도
임 형사와 쌓은 인연 만져지지 않았다

# 옥장이 아버지

그 무슨 꿍심이 있는 것도 아니면서
덜컥, 머슴 노릇 때려치우고
한 며칠 팔자걸음 작대기 패 곁꾼 노릇을 하더니
옥장이 열다섯 살 단풍 들 무렵,
머슴 자리로 돌아가지 못한 옥장이 아버지
총알 두 방 이마에 맞고 중뜸 논바닥에 엎어졌다
마을에서 헌 가마니때기에 둘둘 말아
대충 한 구덩이 파고 묻어버렸다
반나절 상주 노릇 하다가 탈상한 옥장이
꼴머슴으로 한 열흘 엉덩이 걸치고 있더니
싸락눈 치던 밤에 소 한 마리 몰고 토껴버렸다
서방 잡아먹은 년이라고 쫓겨 온
열일곱 살 과부도 그 밤에 살길을 도모했다

늦가을 소낙비 억수같이 쏟아지고
갠 날,
옥장이 아버지 무덤에서 두 발 쑥 내밀었다

소도둑놈 아들 잡으러 가려고
아비가 용심을 썼다며 동네가 술렁거렸다
옥장이 아버지
아들 옥장이 잡으러 가지 못하게
머슴들이 여럿 가서 무덤 커다랗게 쌓아주었다

# 탈출


이태준은 산달이 가까운 옆집 소 몰아
보리 거둔 논바닥 써레질을 하다가
장대비 속에서 뒷결박을 받았다
집 나간 지 오래된 쌍둥이 동생 대신이었다
자갈길 이십 리 끝에 닿은 자호천에는
흙탕물 격랑이 넘실거렸다


맨 뒤에서 끌려가는 이태준 등 뒤로
길라잡이 임 형사 가만히 따라붙더니
젖은 새끼줄 뒷결박 느슨하게 만들어주고
성큼성큼 앞쪽으로 걸어갔다
이태준이 잽싸게 난간 없는 다리에서 뛰어내리자
세 번째로 돌아보던 임 형사가 헛총질 했고
벼락부대가 거품 물고 방아쇠를 당겼지만
놀란 총구는 제멋대로 짓까불었다


뒷골 섬마을 어름 버드나무 둥치를 잡고

이태준은 밖으로 나와 꾸역꾸역 황톳물을 토했다
진외가에서 밥숟갈을 놓자 졸음이 쏟아졌지만
젊은 진외숙모 눈빛이 자꾸 등을 밀었다
발뒤꿈치 들고 이틀을 걸어 닿은
마을 뒷산 능선에 엎드려 길게 목을 놓았다
연기 한 오라기 오르지 않는 집을 내려다보다가
해 다 저물어 정처 없이 길 떠났다


보슬비 내리는 능선과 장대비 계곡을 가로질러
소쩍새 울음 속으로 걸었다
날이 맑아 문득 정신을 차려보니 동래 온천이었다
이모네 대문 앞에서 픽, 쓰러졌다

# 새벽 북소리

팔공산에서 몸을 키운 백만 대군 눈보라가
보현산 사타구니를 마구 걷어차는 밤이었다
탕건바위 물소리가 쩡쩡 얼어붙어도
갈대가 몸을 섞어 가야금을 탄주하는
금호강 남천 벼랑 위,
조양각 낡은 부연 끝에 와서 매달리는 소리 있었다
악다문 어금니 사이로 삐져나오는
붉은 신음 소리,
깨물고 또 깨물어 피투성이가 된 아낙네
토막 난 비명!
그 사이로 간간이 섞여드는 사내들 묵직한 신음

저녁 보리쌀을 끓이다가 여자는 끌려갔다
열흘 가까이 들락날락 들쑤시던 경찰이 물러가자
날벼락부대 달려오더니
무슨 작정이라도 했는지 느닷없이
지게문 떨어져 나간 오막살이 불질러버리고

물에 젖은 오라를 들이밀었다

그렇게 여자는 마지막으로 끌려갔다
치맛자락에 감기는 일곱 살 계집아이와
두 살 많은 오라비는 마당에 발길질 해버리고
풀어헤친 여자 머리채를 잡고 갈 때,
집집마다 문구멍으로만 내다보고 있었다
군홧발 소리 물어뜯는
개 주둥이에서 끓는 저녁놀을 걷어차며
까마귀 떼처럼 치솟는 이북 사투리,

김갑수는 면사무소와 지서에 불 지른 뒤
지주들 곳간을 비워버린 주동자였다
도망갔다 돌아온 지주들이 제일 먼저 한 짓은
경찰서 신축 성금 커다랗게 내놓고
못살아서 말 잘 들을 것 같은 몇몇을 불러
원하는 땅 힘에 맞게 소작을 준 뒤

소작 전부 돌려받는다고 통보해서
마을마다 집집마다 마른천둥을 퍼부었다

오막살이 잿더미 위로 사흘째 눈이 내렸다
불타버린 집 마당에 퍼질러 앉은 천둥벌거숭이를
한 집에서 한 끼씩만 데려다 먹이자는 공론이었으나
범 아가리보다 무서운 오뉘를 바라보며
아낙들이 남정들에게 까탈을 부렸다
청년들이 쑥덕쑥덕해서 어느 새벽에
심상소학교로 옮긴 임시경찰서 정문
보초 없는 초소 안에 오뉘를 버리고 가버렸다

이봐, 그 새끼 언제 왔다 갔어?
구전리 해방구가 무너진 뒤
총 맞아 어느 골짜기에서 숨을 놓았는지
수기령 너머 어디에 풍덩 주저앉아 버렸는지 모를
농민조합 김갑수 행방을 묻는

털북숭이 사내가 조금씩 목소리를 높여가더니
세 번 묻고는 잽싸게 머리채를 휘어잡았고
다섯 번째에 여자 웃통을 찢어발겼다
대번에 드러난 허연 젖무덤 속으로
어린 딸 비명이 송곳으로 파고들었다
솥뚜껑 같은 손이 딸내미 머리통을 짓이겼고
깜냥에 사내라고 달려들던 아들은
군홧발에 걷어차여 뱃구레를 감싸 안았다

이것들은 왜 따라와서 속을 썩이고 지랄이야
쌍놈의 새끼들,
아무리 싸가지가 없어도 그렇지
이 어린것들을 눈보라 속에 갖다 버려?
어이, 그 동네가 어디라 했지?
난로 속으로 나무토막을 집어넣던 젊은 사내가
이마 짚은 손으로 뒤통수를 긁적이자
날 밝으면 한 열 명 데리고 가

양심도 없는 그 새끼들 동네 싹 쓸어버리라구
털북숭이는 말끝에 입술을 감싸 쥐었다
어젯밤 사내는 아랫도리 내리고 달려들다가
입술을 물어뜯기고 여자를 몇 번 혼절시켰다
어이, 이 망할 년 확 벗겨버려!
두 사내가 눈빛을 주고받다가 얄궂게 웃으며
한 치 망설임도 없이 달려들자
오뉘가 입 안으로 우겨넣던 울음이 왕, 터졌고
여자는 죽을힘 다해 사내를 털어내다가 늘어졌다
그년, 매달아!

헝겊 하나 걸치지 않은 몸뚱아리가
공중으로 떠오르면서 새우처럼 척추를 접었지만
여자 가슴에는 멍 자국이 똬리를 틀고 있었다
야, 니네들은 거기서 똑똑히 지켜보라구
아예 등을 돌려버린 남매 뒤통수를 후려쳐
살결박 어미를 바라보게 하면서

털북숭이는 상처 난 입술로 이죽거렸다
니 남편 시체는 찾지를 못했는데
두 달이 넘도록 연락 한 번 없었다니
그걸 믿는다면 우리가 등신이지
사내는 제법 누그러진 목소리로 중얼거리며
매달린 여자를 치올려보았다

한 점 고깃덩이로 매달린 생의 극지에서도
옷매무새 여미듯
두 손으로 젖무덤을 가려야 하는
여자는 무슨 보짱인지 아예 말이 없었다
오오, 이년이 한번 해보자 이거야!
뚜벅뚜벅 걸어간 사내는 망설임도 없이
여자 사타구니에 손을 집어 넣더니
터럭 몇 오라기를 천천히 잡아당겼다
잠잠하던 여자 온몸이 움찔했고
사내는 낮게 똑같은 질문을 반복했지만

여자는 작정한 듯 아예 말이 없었다
털북숭이 목소리가 거칠어지면서
사내는 작정한 듯 여자 터럭을 뽑아내기 시작했다
그때마다 여자는 짧게 경련만 했고
터럭 몇 오라기씩 뽑혀 나올 때마다
토막 난 신음 한 조각으로 견디는
그 여자 자궁 속에 생명 하나가 숨 쉬고 있다는 걸
아직은 누구도 모르는 일이었다
먼 데서 달려온 새벽 북소리가 여자 몸을 휘감았다
또 한 채 달려와 자궁 속 깊이 울려 퍼졌다

눈보라가 그치면서 날이 밝아오고 있었다
낮게 엎드린 초가마다 한숨 같은 연기가 오르고
눈길을 걸어 물 길러 가는 내리막 끝에
금호강 갈대 아랫도리는 꽝꽝 얼어 있었다
나무 팔러 온 상투 차림 중늙은이가
삿을 더듬어 수퉁니 몇 마리 꺼내 던지며

110

다 삭은 삭정이 같은 산사람 소식을 흘리고 갔다
아직 지붕을 이지 못한 오막살이
썩은새가 만들어내는 붉은 고드름을 부러트리며
자주, 예고도 없이 총소리가 달려왔다
총소리에 발목 다친 아낙들이 휘청거렸다
어디서 불어오는 바람 속에서
아홉 살짜리 사내아이 시신 하나
임시경찰서 뒤편 절벽으로 내려갔다는 소문,
죽은 아이 외가 씨를 말렸다는 풍문,
사람들은 한쪽 귀로 듣고 한쪽 귀로 흘려버렸다

# 면죄부 장사

먼 일가 형님이 새벽같이 다녀갔다
마당에서 다그치듯 몇 번이나 물었을 땐
재 넘어 사는 누님 집에 갔다 오는 길이라고 하더니
아랫목에서 살피듬을 지지면서
되지기 두 그릇 뚝딱 요기를 하고
담배 한 대 말아 물고서야
양식 한 줌 달라며 산으로 간 내력 털어놓았다
좁쌀, 보리쌀 조금씩 담아 주었더니
그게 두 번 더 걸음한 빌미가 되고 말았다
시치미 뚝 떼고 앞앞이 태연했지만
어느 날 구장이 옆구리를 쿡, 쑤셨다

빨갱이는 따로 있는 게 아니었다
신발에 흙이 좀 남달리 묻어 있거나
눈빛이 수상하게 출렁이거나
묻는 말에 눈을 내리깔아도 꼼짝 마라였다
그렇게 올가미에 걸려들 무렵,

늙은 구장이 슬쩍 한 방도를 알려주었지만
내다 팔 거라곤 젊은 아내뿐이라
오막살이 불 지르고 산으로 가고 싶었다
그런 중에 용케 한 방도가 있었다
그날 이후 토지개혁 소문이 퍼지면서
논밭 거래가 중단되자
논마지기나 사자고 준비해둔 처삼촌 하나,
속 끓이고 있다는 귀띔이었다

푼돈 한 푼 융통 못할 깜냥이었으나
한걸음에 달려가 뺏다시피 가져온 돈
구장 입회 아래 면사무소 뒷문으로 찔러주고
면장이 발행해주는 주민 '등록표'를 구했다
"귀하를 보호하기 위하야
귀하가 남조선의 합법적 주민임을 증명함"
그 위에 빨간 직인 선명하게 찍혀 있는
면죄부를 사고 합법 주민 되었다

# 입산

반쾌도는 남로당에 가입해놓고
배짱 좋게 독촉국민회에도 들어가
면지대 명단에서 피아를 구분해두었다
지령이 떨어지면 첫새벽에 삐라를 뿌렸고
전화선 잘라 땅에 묻었다
양식 구할 만한 집을 골라 길라잡이 하면서
몰고 갈 소 몇 마리도 물색해주었고
더러는 개를 유인해 산 밑에다 묶어두었다

독촉국민회에서 밀고가 이어졌다
느슨했던 경계가 다시 야물어지고
자고 나면 끌려가 더 많은 이름을 자백하고 있었다
이름이 불리기 전에 튀어야 했다
너도나도 더 빨리 산으로 뛰어들고 난 뒤에야
반쾌도는 마룻장 밑에서 기어 나왔다

산에 가니 가장 먼저 이름부터 바꿔주어서

아래위도 없이 박 동무, 김 동무로만 불렀다
단련된 전사 하나 없는 갑자을축들 속에서
열흘도 못 가 반쾌도는 몸서리를 쳤다
사흘이 멀다 하고 식량투쟁 나가서
농민 세상 오면 몇 배로 갚아준다며
사정하고 때로는 협박해서 먹고살았다
아예 양식이 없는 집에서는
내일쯤 찧어놓을 테니 그때 가져가라 했지만
어떤 집은 노골적으로 타박을 해서
본보기로 매타작 한 뒤에 불도 질렀다

총 한 자루 없이 허울만 전사였다
식량투쟁에만 흉내 삼아 나무총을 메고 나갔다
낮에는 나무꾼들 근처에서 나무나 해서
마을로 내려가 접선을 했다
단 한 번 습격도 없이 장난 같은 접선만 이어지자
반쾌도가 가장 먼저 돌아오지 않았다

사흘이 못 가 아지트가 발각되는 바람에
밤에만 계곡에서 소금밥을 먹었다
새벽마다 아지트를 옮기다 보면
하나둘 소리 없이 사라지고 없었다

매화가 필 무렵 반쾌도는 죽었다
산에서 내려오자마자 어찌어찌 연줄을 잡아
야산대 사정 다 털어놓고 풀려났는데
살결박당한 뱃구레에 죽창 다섯 개 꽂고 있었다
야산대 짓인 줄 알아보라고
독촉국민회에서 저지른 일이었다

# 평토장

집 떠난 귀신들도 돌아온다는
섣달그믐 날 집을 떠났다

맞아 죽은 홀어머니는 뒷밭에다
평토장 해버렸다

어차피 조선은 조국이 아니었으므로
어머니 부장품 삼아 평토장을 해버렸다

부산에서 밀항선을 탈 계획이었다
몸서리쳤던 구주탄광으로 돌아갈 작정이었다

개망나니 고아가 되어버렸다
팽팽하던 뒷산 능선 하나 풀썩 무너져 내렸다

그게 옥생각이다 그게 옥생각이다
떠나는 덕평이 뒤통수에다 밤 까마귀가 짖었다

## 유품? 기가 막히다


이틀 천하,
영천항쟁 보복이 끝나도
남편 소식은 돌아오지 않았다


석 달, 다섯 달
발바닥에 물집이 잡히도록 찾아 헤매다
울음이 삭아 재로 날릴 때,
경찰이 와서 내밀었다


라이터 두 개
장갑 한 켤레
물푸레나무 몽둥이 하나


살인과 방화, 증거라고 했다

# 저 울음이 너무 무겁다

유월 한낮 졸음 속으로 파고드는
눈물 없는 뻐꾸기 울음소리가 일만 팔천 근이다
고추밭을 매다가 드러누운 밭둑에서
만삭의 아낙이 더듬는
팔만 근 허리 통증에도 뻐꾸기 소리 흘러 다닌다
삼만 오천 근은 넉넉히 좋을
무릎 통증에도 뻐꾸기 울음 쌓이고 있다
무릎통과 허리통을 오가는 느린 손길 사이로
뻐꾸기 울음 모래처럼 흘러내린다
모래바람 흐르는 사막으로 든 스물하나
구만 몇 천 근 통증 사이로 스미는 저 울음이 버겁다
좋은 세상 있다기에 그 세상 끌어당겨 보다가
산으로 간 남편 근심은 몇 백만 근일까
지난겨울, 남편 대신 끌려가
뼈마디마다 새긴 푸른 문신 오롯한
저 외톨이 조선백자는
익은 고추 따서 김장이나 할 수 있을지……

# 구구동지회


그해 가을에 우린 죽은 목숨이었다
수랏상 부럽지 않은 아침밥상을 받다가
너무 억울하게 죽은 동지들을 기억할 것이다
가진 것도 죄가 되는 세상이어서
만고잡놈 빨갱이들
인민위원회와 농민조합이 활개를 치는
그 흉악한 압제에 시달리던
수많은 동지들이 항거하다 장열하게 산화했다
허나 이 나라가 어떤 나라이더냐
세상물정 모르는 그 천하 상것들로부터
선량한 백성인 우릴 해방시켜준
위대한 지도자 이승만 박사와 아메리카를 위하여
결초보은 맹세하며 구구동지회를 결성하노니
동지들이여, 만수무강하시라


일천구백사십육 년 음력 구월 구일
중양절,

그날을 뼈에 새기면서
엎어버린 밥상 바로 앉힌
대한독립촉성국민회 감돌이들 친목계
구구동지회 엄숙한 건배사였다

# 어떤 내력

밥풀로 지방을 붙여놓은 병풍 앞에서
홀로 받는 밥상은 쓸쓸하여라
살아 독상에 앉는 일을 슬픔으로 알았거늘
저이는 젯밥도 독상으로 받는다
환갑 지난 유복자가 젊은 아비에게
큰절
또 큰절,
제관이 모자라 삼헌은 못 하고
단잔으로 후딱 끝내는
그 제사 날렵해서 성큼 눈물이 났다

스물셋 아비는 제삿날 동부인하지 못한다
여든에 죽은 어미도 자기 제삿날 혼자서 온다
고봉밥 한 그릇
소고깃국 한 사발
술잔 하나
수저 한 벌,

그 위에 종서로 내리꽂히는
외줄 지방, 단호하다

내 죽어 제사 지내거들랑
젯밥은 딱 한 그릇만 올려라
그 빨갱이 제삿밥 먹으러 올 일 전혀 없으니
내 제삿날도 니 아부지는 그럴 것이다
우리 친정 멸문지화 누구 탓이냐
그 화상은 저승 가서도 볼 일 없으니
니, 단디 새겨라

그렇게, 저기, 어느 집안 내력이다

제5부

시험문제

# 진혼가

나뭇잎으로 검은 리본을 준비하는 시월이다
인광을 철철 흘리는 별빛이 뜨거운
단풍은 얼마나 잔인한 문장인가
아흔아홉 무희가 접신을 시도하는
눈 시린 소복 살풀이춤이 하늘을 낮게 당겨놓는다
진양조 춤사위가 돌 하나 풀 한 포기에도 말을 건다
바람을 불러 먼 세월 해와 달을 불러
흑백의 거친 풍경 속으로 들어가 호명을 한다
산등성이 위로 날던 새들 깃을 접고
금호강 갈대가 흐느껴 거문고를 탄다
수천 아비들이 받은
백 년 뒷결박,
삼만 발 오랏줄 서리서리 풀어내듯
북소리 징 소리 꽹과리 소리가 골골마다 스며들어
개뼈다귀로 나뒹구는 이름을 불러준다


다 늙은 유복자 하나 커다랗게 절을 올리다가

짧게 흐느끼자
꾸역꾸역 터지는 울음
주먹으로 틀어막으며 올려다본 시월 하늘에
초사흘 눈발이 삐라처럼 흩날린다
단 한 번 검산도 없이 팽개쳐버린
이 강산 낙화유수,
쇠기러기 울음에 살얼음 깔린다


죽음의 사제가 호명했던 이름들 허공에서 돌아온다


나락 베다 끌려간 늙은 아버지가 오신다
무자식 남편이 절룩절룩 돌아온다
혼인날 받아놓았던 더벅머리 육손이도 있다
숫돌에 낫 갈다 말고 집 나갔던 아들이 온다
칙간에 앉았다가 머리채 잡혀 나간 아낙이 보인다
씹던 보리밥 뱉어내며 자빠지던 아이도 있구나
귀싸대기 몇 대에 반역을 덮어쓴 어리보기가 보인다

세상을 한번 갈아엎고 싶었던 장부도 거기 있다
밥 한 숟가락에 환장하던 징용 노동자가 온다
빨갱이 씨라고 맞아 죽은 중학생을 봐라
엿목판 목에 걸고 쓴물 삼키던 늙은이도 섞여 있다
피 묻은 무명저고리 벗어던지지 못한
배고픈 넋들
술 한 잔,
곡소리 한 상 받아보지 못한
저 서러운 넋들

아무리 천한 죽음도 무덤은 있다
그러나 여기 무덤 없이 묘비명만 있구나
묘비명은 있어도 새길 데가 없구나
가슴에 새기고 또 새겨 다듬은
한 줄,
붉은 묘비명!
비바람 눈보라 허공에다 세웠다

억새 욱은 산비알에 세웠다
세우면 자빠지고 일으키면 엎어지던
시월 묘비명,
일흔이 넘은 아들들
여든 아내들
아흔 살 어머니들
그들이 묘비명이다
그이들 살아온 내력이 묘비명이다

보인다
그들 뒷모습이 보인다
백이다 오백이다 천도 넘는다
남루한 뒷모습으로 흐릿흐릿 돌아오는
머슴에 작인에 봇짐장수 옆에 왈짜들까지
운주산 보현산 아작골 채약산 골짜기를 떠돌며
마지막 조선 시월 농사꾼으로 살다가
엎어지고 자빠진 채 세월의 평토장으로 묻혀버린

그이들 돌아와 인간의 마을을 내려다본다
목구멍에 거미줄 안 걸렸던 날 얼마였던가
무슨 원대한 포부가 있어
피를 뿌려서라도 쟁취할 그 무엇 없었다
다만 하나,
고봉밥 한 그릇이 간절했을 뿐이었다

주리 고문이면 삼을 삼으면서도 자신 있었다
인두 고문이라도 그토록 가혹했을까
고춧가루 탄 물 닷새쯤 콧구멍으로 못 마시랴
삽짝 밖에서 남편과 시부모가 엎어진 뒤
배 속 아이 껴안은 채 그 주검을 묻고 오니
막내 시동생은 생후 여섯 달,
열여덟 살 눈보라가 진창으로 몰아쳤다
산에 가서 늑대 밥으로 던져버리고
둥글개첩 자리로 달려가고 싶었지만
아침마다 낙타초駱駝草를 씹으며

젖 먹이고 아랫도리 씻겨가며 키웠다

열녀문이라면 천리만리 돌아서 갔다

철없는 사내들이 저지른 짓 뒷감당을 하느라

눈 감고 귀 닫고 입 봉한 육십 몇 년,

콧등 무너진 미륵한테 가서는 종일 중얼거렸으나

인간들 마을에선 엄나무로 산

노파들 오래 부복했다 일어나 하늘을 본다

하늘도 억장이 무너져 묵정밭이다


시월은 생트집 단풍의 문장이다

그 문장 누가 지었겠는가

우레다 바람이다 천둥이다 달빛이다 붉은 각시 홍옥이
다 시총詩塚 지키는 노비 억수 초라한 무덤이다 제 이름
던져버리고 냅다 치솟는 장끼 울음이다 백만 대군 초록
이다

박토에 터 잡아 일군 보리 문둥이들 악착 슬픔

수수밥 되지기 반 그릇이다

어느 누구에게도 사사받지 않은 담대한 필력으로
비바람 눈보라 천둥 우레 달빛을 불러 엮은
외롭고 낮고 쓸쓸한 사람들 장엄 시월이여
값싼 이데올로기의 뒷골목을 떠도는 디아스포라여
잔등 굽은 사람이 마침내 제 발잔등을 굽어보는
회한의 밤은 왜 이리도 사무치게 오지 않는가

기
호

대구 시월항쟁이 '식량 투쟁'이었다면, 영천 시월항쟁은 '공출 거부 투쟁'이었다. 시월항쟁은 한민당을 등에 업은 '장군의 정부'가 저지른 잘못된 식량 정책에 대한 분노 때문에 일어난 저항이었으니 돌아온 임정臨政도 조선공산당도 거기에서는 자유롭지 못할 것이다. 그 '분노의 숲, 영천'에 대해 증언 한 마디, 기록 한 줄 남겨놓지 않은 영천 사람들은 비겁했다. 그 비겁한 사람들 중에서 나도 비켜날 수는 없을 것이다.

1995년쯤에 나는 이 작업을 계획했지만 일제강점기를 짧고 격렬하게 살다 간 한 작가를 추적하느라 그만 때를 놓치고 말았다. 뒤늦게 이 작업을 시작했으나 증언해야 할 노인들은 이미 산으로 가버렸거나 치매가 포박해버린 포로가 되어 있었다. 애초에는 르포를 쓸 작정이었지만 자료가 너무 빈약했다. 들은풍월은 괜찮은 살점 하나 발겨낼 수 없었다. 그래서 이 이야기는 팔 할이 픽션이면서도 능력 부족으로 서사의 골격조차 갖추지 못했다.

미완으로 끝나고 말았지만, 작가 김남천은 1947년 〈광

명일보〉에 장편소설 『시월』을 연재하며 작가의 말에서 "나는 '十月'이란 두 글자를 욕되게 하지나 않을까 혹여 이 위대한 두 글자를 소설의 제목으로 하는 것조차가 죄스럽고 외람된 것이 되는 아니할까 내심 그것을 저어하고 주저"했음을 고백하고 있다. 『시월』이 시작되는 무대가 바로 영천이었는데, 70여 년이 흘렀건만 나 역시 그런 이유로 '시월'이라는 제목을 달기까지는 오래 저어하고 주저했으며 또 많이 곤혹스러웠음을 고백하지 않을 수 없다. 김남천은 『시월』 도입부에서 시골 아낙의 푸념을 빌어 1945년에 큰 풍년이 들어 북한에도 쌀을 보냈는데 그 쌀이 다 어디로 가고 풍년 기근을 겪어야 하는지를 묻고 있다. '시월'이 발생한 원인은 다양하겠지만, 나 역시 '쌀'을 주목했고 거기에다 방점을 찍었다.

그래서 두 해가 넘도록 영천의 숱한 골짜기와 거기에 오래 기대어 살아가는, 얼음장이 버석거리는 노인네들 가슴속을 들락거렸다. 예순일곱 해나 흘렀건만 여든이 넘은 노인들은 들은풍월조차 말하기를 꺼리는 비겁한 세월을 살고 있었다. 아직도 시월로부터 도망을 가야만 하는 지독한 피난민 의식을 가지고 있는 것 아니겠는가. 그날의 공포가 여전히 유효하다는 이 가증스러운 상황을 한 줄 문장으로 압축해낼 능력이 그러나 내겐 아직 없다.

시월항쟁은 많은 이유들이 복합적으로 개입을 했겠지만, 굶주리던 빈민아낙들이 냄비와 식기를 들고 시청으로 몰려가서 우선 허기나 끌 양식을 좀 달라고 하자, "살림 사는 여편네들이 양식 단도리도 못 해 소란이냐!"고 호통 쳤다는 대구시장 권영세 말을 나는 주목한다. 그러니까 시월은 좌우 대결이 아니었다. 미군정 반대 구호 한 마디 없는 식량 투쟁이었건만 친일파와 미군정이 빨갱이로 몰아 단죄를 해버렸으니, '폭동'이고 '반란'이었다. 진보는 '항쟁'으로 수정을 했고, 이도 저도 아닌 쪽은 '사건'으로 엉거주춤한 시월은 친일파와 미군정이 찍은 낙인이었다. 생살 타는 냄새 지독한 '주홍 글씨', 제주 4·3 원조였고 거창양민학살 본적지가 바로 영천이었다. 그렇게 시월 학살은 1946년에 시작되어 1950년까지 길고 지루하게 전국에 걸쳐 자행되었다.

일본으로 쌀을 빼돌려 식량난을 자초했다는 비판에 이승만과 하지는 극구 부인했지만, 시월항쟁 후 서울 거리에 뿌려진 삐라에서 그 사실은 명백하게 드러난다.

보라!! 최근 발표된 일본 朝日신문에 기사를!! 하-지 중장이 그렇게도 부정하든 사실이 백일하에 폭로되지 않엇는가?! 즉 조일신문에는 명백히도 해방 후로 조선미 500만 석이 일본에 수입되엇다는 기사가 게재되엿다!! (…) 하물며 쌀, 나무를 위시한 민생의 첫 문제를 시급히 해결해 달나고 요구하는 기아군중을 총을 쏘며 잡어다 대리고 감옥으로 보내는 이것이 그대들이 이 나라에 진주한 사명인가? (…) 하−지는 조선민중에게 사죄하고 米國으로 돌아가라!! 일제보다 악독한 米郡政을 배격한다!!

—『'삐라'로 듣는 해방 직후의 목소리』, 김현식 · 김선태 편저, 소명출판, 2011

일본으로 빼돌린 쌀 밀수출 사실을 폭로한 이 삐라는 소속을 밝히지 않고 있다. 조선공산당 행위로 간주할 수도 있겠지만, 그럴 가능성은 낮아 보인다. 이런 사실을 폭로하면서 소속을 밝히지 않을 조선공산당이 아니었기 때문이다. 대구항쟁 이튿날인 10월 2일에 조선공산당 명의로 살포된 삐라를 보면, 엄청 긴 글 어디에도 미군정과 하지는 거론조차 하지 않았다. 다만 이승만 추방과 탄압 경찰 물러가라는 요구가 있을 뿐이었다.

1946년 10월 당시에 빨갱이란, 해방 전 일제 경찰이 독립군을 지칭했던 말이었다. 시월항쟁은 조선공산당이 큰 길가에 간판을 걸고 활동하던 시대에 일어났으니 다만 맥아더 포고령 위반일 뿐이었다. '정치는 생물'이라는 말이 옳다면 동태 눈깔처럼 맛이 간 친일파가 아니라 물때

좋은 인민위원회야말로 최상이었을 것이다. 꿈같은 해방 공동체가 만들어졌으나 그 공동체를 산산이 부숴버린 채, 퇴로까지 차단한 친일 관리와 장군의 정부에 대한 저항은 당연했다. 거친 밥 한 그릇이 간절한 인민들은 '냉전'이 무엇인지도 몰랐다. 다만 하나, 내 밥그릇을 빼앗지 말라는 엄중한 경고였다.

브루스 커밍스가 쓴 『한국전쟁의 기원』에 의하면 일본 점령을 위해 미국은 이천 명이 넘는 장교들을 육성했지만, 일본에서 군정을 포기하고 장군의 정부를 전진 배치하면서 조선을 적국으로 선포해버렸다. '못된 군인' 하지는 남쪽 조선을 점령하자 인민들에게 절대적 지지를 받으면서 사실상 정부 기능을 수행하고 있던 인민위원회를 정적으로 선포해버렸다. 초근목피를 찾아 헤매던 조선 경제는 금이나 화폐가 기준이 아니라, 쌀값이 그 중심에 있다는 사실을 친일 관리와 지주들은 너무나 잘 알고 있었지만, 꿈에라도 알 리가 없는 장군의 정부는 들판의 녹색 물결을 바라본 뒤, 비축미 한 톨 없이 '미곡의 자유시장'을 선포해버렸다. 인플레이션과 매점매석으로 쌀값은 폭등하고 야매시장이 창궐한 조선 경제는 그야말로 짚신 발에 상투 틀고 양복을 걸친 꼴이었다.

영천은 인민군 '9월 공세' 격전장이었다. 영천전투 앞뒤로 대량 학살이 진행되었으니 시월 학살 마무리였다. 보도연맹원이 없지는 않았으나 대부분 관제 빨갱이로 몰린 양민들이었다. 전선이 급격하게 남쪽으로 무너지자 먼저 가지골에서 43명이 죽임을 당했다. 절골에서는 200명이 거기가 어딘지도 모른 채 비명에 갔다. 화북에서도 150명이 쓰러졌다. 아작골에서 300명쯤 처분 또 처분, 살처분을 감행했다.

그 시기, 영천에서 월북자 303명이 있었다고 국가기록원은 전한다. 그중에서 103명은 이름이 지워져 있다. 경찰에게 가족이 학살당한 사람들, 그래서 경찰에게 저항했던 사람들, 꾸역꾸역 월북자 명단에 올랐으리라. 그 사람들, 북으로는 가지 못하고 영천전투에서 인민군과 함께 남녘으로 정조준 방아쇠를 당겼을까? 방아쇠는 뜨거웠지만 총구는 얼음처럼 차가웠을까? 전선이 북쪽으로 이동한 뒤에도 월북한 사람이 많았다는 주장이 있다. 그 사람들 냉담하게 남녘을 버리고 북녘으로 갔을까? 어느 골짜기에서 소문 없이 살처분을 당하고 슬그머니 월북자 명단에 끼워지지는 않았을까?

이 글 도입부에서 북으로 간 시인을 등장시켰는데, 실존 인물이다. 정희준鄭熙俊. 그는 연희전문대학 시절이었던 1934년 『三四文學』 창간호에 참여했고, 1937년에 시

집 『흐린 날의 고민』을 펴낸 후 한글학회에서 일했다. 해
방 정국에서는 일제 때 면장을 했지만, 면민들 추대로 임
고면 인민위원장을 맡을 수밖에 없었던 아버지 뜻에 따라
낙향해 문예 공연단을 만들어 연극 공연을 했던 인물이었
다. 나중에 홍익대학교 교수로 있으면서 『朝鮮古語辭典』
(동방문화사, 1949)을 편찬했다. 김성칠은 1950년 12월 2일
일기(『역사 앞에서』)에서 북으로 간 그를 호명하고 있다.

그리고 금호면에서 군사 단체인 '의우단'을, 신녕면과
화산면에서 국군준비대를 조직한 사실, 안소영이 「해방
직후 경북지역 인민위원회의 조직과 활동」(『한국 근현대
지역운동사 1 영남편』, 역사문제연구소, 여강, 1993)에서 밝히고
있는 "농민조합은 일제 때에 순사를 지냈으며 영천에서
으뜸가는 씨름꾼으로도 유명했던 김상도가 지도하면서
하곡수집 반대운동과 10·1항쟁에 참가"했다는 것에 대
한 증언은 어느 누구로부터도 들을 수가 없었다.

'영천아리랑'에 대해서도 한마디는 해야 될 것 같다. 이
땅에서 불리고 있는 수많은 아리랑 중에서 영천아리랑이
좀 별난 것이라면 아마도 그 탄생 배경이리라. 영천아리
랑은 한반도 남녘 땅 영천에서 만들어져 불린 노래가 아
니었다. 일제강점기에 만주나 연해주로 떠돌아야 했던
영천 사람들이 돌아갈 수 없는 고향을 그리며 머나먼 북

국에서 지어 부른, 영천에서는 한 번도 불리지 않은 노래였다. 그런 영천아리랑이 만주에서 전해지는 것을 북한 연구자들에 의해 복원, 2000년 남북정상회담 만찬장에서 남한 쪽 사람들에게 그 존재가 알려지게 된 노래였다.

이 글을 시작하면서 『한국전쟁의 기원』에 기댄 점이 많다. 여러 군데에서 커밍스가 사용한 표현을 차용하면서도 인용 표시는 하지 않았다. 예컨대 '장군의 정부', '선포공화국', '붉은여우'와 '논산에서 쌀을 구입한 부산 사내' 같은 것들이다. 그리고 『한국전쟁 전후 민간인 집단 희생 관련 2008년 피해자 현황조사 용역사업 최종결과 보고서(경북 영천시)』(경북대학교 사회과학연구원 NGO센터)도 참고했음을 밝혀둔다.

2014년 여름 영천강 북천가에서

이중기

# 영천 시월항쟁의 격렬한 증언과 진혼의 노래

이하석 • 시인

이중기와 격의 없이 지내온 지 꽤 오래된다. 그는 서른이 갓 넘을 무렵(1987년) 고향인 영천에 돌아와 농사를 짓기 시작했다. 이후 나는 자주 만나는 문우들과 이따금 그의 농장을 들리곤 했다. 처음에는 사과 과수원을 하다가 복숭아로 바꾸었다. 사과나무들을 작파할 때 과수원이 빙 둘러싼 그의 집에서 베어낸 사과나무로 고기를 구워먹던 기억이 새롭다. 사과나무를 태우니 사과 냄새가 난다고 호들갑을 떨던 무리들이 있었다. 농한기에는 대구에 들러 놀다가곤 했다. 그렇게 우리는 스스럼없이 오갔다.

농사에만 재미를 붙이다가, 몇 년 뒤 농민운동을 하면서 비로소 시를 쓰기 시작, 1992년에 『창작과비평』 가을호에 「莎里에 가면」 외 2편이 발표되어 작품 활동을 시작한다. 이 해에 첫 시집 『식민지 농민』이 나온다. 이어서 3년 뒤(1995년) 두 번째 시집 『숨어서 피는 꽃』을 냈다. 농민 시인으로 주목을 받기 시작한 건 2001년 세 번째 시집 『밥상 위의 안부』를 내고부터다. 2005년에는 네 번째 시집 『다시 격문을 쓴다』를 냈다. 작품 활동을 꾸준히 하면서도 오랫동안 영천농민회 회장을 지냈고, 민주노동당 영천시지부 준비위원장을 맡는 등 현실적인 문제에 솔선하여 행동하는 태도를 누그러뜨리지 않고 있다. 특히 일제강점기 때 활동했던 영천 출신 소설가 백신애의 재조명 사업을 벌여 백신애문학상을 시상하는 일에 깊이 관여했다. 필자도 그의 부탁으로 백신애문학상 운영위원장을 맡고 있어서 어쩔 수 없이 자주 만나게 엮여져 있는 상태이다.

그의 시는 철저하게 흙에 밀착되어 살아가는 농부로서의 모습을 보여준다.


나는 논과 밭을 경전으로 삼았다

물소리 바람소리 다 말라버린 가뭄을 건너

슬픈 남루를 액자에 담아 거는 극지의 노을까지

농사짓는 일이 명부전 같다

나는 그것이 분하다

탁란을 마친 뻐꾸기는 어딜 갔는가

파란만장의 책, 經아, 사무치면 고요에 닿는가

나는 이제 나의 경전을 얼음 감옥에 가두어야겠다

神에게 들키지 않을 꽃 한 송이 불끈 피우겠다

―「나의 경전」 전문

시집 『다시 격문을 쓴다』에 실린 시다. 간명하게 할 말을 하는, 직접성이 두드러지는 말투로 시가 짜여 있다. 논과 밭을 경전으로 삼아 살아가는 이가 느끼는 고통과 기쁨이 드러난다. "농사짓는 일이 명부전 같다"는 말은 자신에게 주어진 천직을 아낌없이 순응해서 받아들이겠다는 의지로 읽힌다. 그 삶이 비록 "파란만장의 책"을 읽는 일이라 해도 "꽃 한 송이 불끈 피우겠다"는 의지를 꺾지는 못한다. 그의 시는 이런 농민으로서의 삶의 철저한 수용과 각오 속에 각인된 말이다. 투박하지만, 흙에 밀착되어 나오는 말인 만큼 어떤 말보다도 진솔하게 먼저 와닿는다. 때로는 아주 간명하게 딱 잘라 말하는 격렬한 언표를 쓰지만, 그 단도직입적인 말투가 명징하게까지 느껴

질 정도이다. 지금까지 다섯 권의 시집을 내면서도 이런 태도가 변함없이 지속되어왔다. 평소의 삶의 태도 역시 직설적이다. 에둘러 가지 못하고, 에둘러서 말을 수식하지 못한다. 할 말을 바로 해버리는 그의 성격은 영천이라는 지역에서 살아가는 데 많은 장애와 불편함을 겪지만, 지금까지 한 번도 그 길을 굽혀서 돌아가는 법 없이 당당하게 걸어왔다.

그런 그가 이번에 마음먹고 내는 장시집 『시월』 원고를 덜컥 내게 맡겼다. 이 원고를 몇 번인가 읽으면서 나는 참으로 무슨 말을 덧붙이기에 부담을 느껴 한동안 망설였다. 엄청난 역사적 사실에 대한 가열한 증언을 아무런 준비도 지식도 없는 내가 덜컥 가슴에 안은 느낌이 들었기 때문이다. 다만 오랫동안 친분을 나누어온 그 정 탓을 들어 몇 자 글을 거칠게나마 적을 뿐이다.

이 시집은 우리 근대사의 큰 상처인 대구 시월항쟁과 관련이 되어 있다. 지금까지 '시월폭동'으로 알려진 시월항쟁은 제주4·3과 거창양민학살이 있기 전에 일어난 일로, 1946년 10월 1일 대구항쟁이 도화선이 되었다. 시월항쟁은 대구를 진원지로 곳곳으로 번져갔는데, 그중 가장 격렬하면서 피해가 컸던 지역이 영천이었다. 이중기는 시월항쟁의 전말을 보여주면서 특히 영천 지역의 상황을 중심으로 이야기를 풀어내고 있다.

시월항쟁의 배경에는 파업 철도노동자들과 남로당이 개입하기도 했지만, 실제 주동 세력은 농민들임을 이중기는 누누이 강조한다. 폭동의 불씨는 '쌀'이었다. 당시 해방이 되어 해외 동포들이 고국으로 돌아왔으나 모든 게 모자라고 궁핍했다. 무엇보다 먹을 게 턱없이 부족했다. 양민들이 굶고 있는 이러한 판에 미군정과 친일 관료들이 쌀을 시장 논리에 맡겨버려, 지주들은 곳간을 풀지 않은 가운데 쌀들이 은밀하게 일본으로 수출되는 이해할 수 없는 일이 자행됐다. 이런 상황에서 국내 쌀값은 60배나 폭등했다. 1946년 쌀 시장이 바닥이 나자 양민들은 쌀을 구하기 위해 동분서주했다. 시월항쟁은 이런 상황에서 미군정과 친일 관료들의 착취에 대한 저항으로 나타났다. 대구의 '식량 투쟁'이 영천 지역에서는 '공출 거부 투쟁'으로 번졌고, 그만큼 피해가 크게 나타났음을 이중기는 강조한다. 그러나 그 결과는 엄청난 비극을 불러왔다. 수많은 농민들을 빨치산으로 만들었고, 국민보도연맹원이란 이름으로 국가가 마녀사냥을 하게 된다.

이중기는 오랫동안 관련 자료를 모아왔다. 90년대 중반부터 글을 쓰기 위한 준비를 해왔다고 후기에서 밝히고 있다. 몇 해 동안 영천의 각 마을을 돌며 직접 노인네들을 만나 취재를 하기도 했다. 여기에다 경북대학교 사회과학연구원 NGO센터가 발간한『한국전쟁 전후 민간인 집단 희생 관련 2008년 피해자 현황조사 용역사업 최종결과 보고서(경북 영천시)』등의 참고자료를 뒤적이면서 이 방대한 장시를 완성한 것이다. 그야말로 끈기 있게 역사의 흔적을 뒤적이고, 아픔과 슬픔을 공감하면서 온몸으로 절규하듯 써내려간 장시이다.

영천은 인민군 '9월 공세' 격전장이었다. 영천전투 앞뒤로 대량 학살이 진행되었으니 시월 학살 마무리였다. 보도연맹원이 없지는 않으나 대부분 관제 빨갱이로 몰린 양민들이었다. 전선이 급격하게 남쪽으로 무너지자 먼저 가지골에서 43명이 죽임을 당했다. 절골에서는 200명이 거기가 어딘지도 모른 채 비명에 갔다. 화북에서도 150명이 쓰러졌다. 아작골에서 300명쯤 처분 또 처분, 살처분을 감행했다.

그가 이 장시집의 후기에 밝힌 내용이다.『시월』은 이러한 비극적인 상황을 그 특유의 단도직입적인 어투로 쏟아낸다. 장시의 도입부에서 북으로 간 시인 정희준을 등장시켜 이 지역 선배 문인들의 시월 참여 양상을 살피면서 급격한 언어의 물결이 굽이친다. 이어 영천의 식량 수탈 과정이 그려지고, 그에 대한 양민들의 저항이 두드러지게 묘사된다. 그리하여 「진혼가」라는 시에서 시월항쟁의 와중에 유명을 달리한 억울한 영혼들을 일일이 불러낸다.

나락 베다 끌려간 늙은 아버지가 오신다
무자식 남편이 절룩절룩 돌아온다
혼인날 받아놓았던 더벅머리 육손이도 있다
숫돌에 낫 갈다 말고 집 나갔던 아들이 온다
칙간에 앉았다가 머리채 잡혀 나간 아낙이 보인다
씹던 보리밥 뱉어내며 자빠지던 아이도 있구나
귀싸대기 몇 대에 반역을 덮어쓴 어리보기가 보인다
세상을 한 번 갈아엎고 싶었던 장부도 거기 있다
밥 한 숟가락에 환장하던 징용 노동자가 온다
빨갱이 씨라고 맞아 죽은 중학생을 봐라
엿목판 목에 걸고 쓴물 삼키던 늙은이도 섞여 있다
피 묻은 무명저고리 벗어던지지 못한
배고픈 넋들
술 한 잔,
곡소리 한 상 받아보지 못한

저 서러운 넋들

이들의 원통한 죽음을 위무하면서 시인은 진혼가 한 가락을 절절히 읊조린다.

보인다
그들 뒷모습이 보인다
백이다 오백이다 천도 넘는다
남루한 뒷모습으로 흐릿흐릿 돌아오는
머슴에 작인에 봇짐장수 옆에 왈짜들까지
운주산 보현산 아작골 채약산 골짜기를 떠돌며
마지막 조선 시월 농사꾼으로 살다가
엎어지고 자빠진 채 세월 평토장으로 묻혀버린
그이들 돌아와 인간들 마을을 내려다본다
목구멍에 거미줄 안 걸렸던 날 얼마였던가
무슨 원대한 포부가 있어
피를 뿌려서라도 쟁취할 그 무엇 없었다
다만 하나,
고봉밥 한 그릇이 간절했을 뿐이었다

다만 "고봉밥 한 그릇이 간절했을 뿐"인 남루한 양민들이 "무슨 원대한 포부가 있어/ 피를 뿌"린 게 아니라, 역사의 한 상황에 어쩔 수 없이 엮여 처절하게 사투를 벌이다 억울하게 죽어간 그 원통함을 지극한 연민으로 붙안아 다독인다. 장강처럼 굽이치는 격정의 언어들은 시월의 영천을 비탄과 울분으로 떠올리면서, 영천에서 농민으로 살아가는 자신의 그 어쩔 수 없는 원죄의식과 업을 되새김질하는 것이다. 꿀림 없이 당당한 어조로 우리 민족사의 한 비극적인 상황을 가열차게 드러낸 기념비적인 시집이 아닐 수 없다.

이중기는 최근 화재를 당해 서재가 몽땅 타버리는 사고를 당했다. 숱한 세월 동안 모아두었던 각종 자료들—백신애 관련 자료들과 시월항쟁 관련 자료들, 그리고 영천 지역을 돌며 노인들을 인터뷰한 자료들은 물론 이 장시집 초고 등이 불에 타 재로 변했다. 참으로 아까운 일이 아닐 수 없다. 그런 가운데 이 장시집을 건지게 된 것은 우리 문학사의 한 행운이라 할 만하다.